做一个_有香气的女子

身如薄荷清

毕淑敏

国际文化出版公司
·北京·

做一个有香气的女子

身如薄荷清

身 如 薄 荷 清

SHEN RU BO HE QING

自序

Preface

每个女人都是有独特气味的。所以，每个女人必有自己的味道，所有的女人，都期望自己气味芬芳。

薄荷是一种广为人知的味道，它是植物中底层的女儿。我在街头，花10元钱买了一盆薄荷，先生还怨我买贵了。薄荷的名字据说有六百多种，可见生长地域的辽阔和大家对它的熟识。在这些名字中，好听的如夜息香、苹果薄荷、橘子薄荷、香水薄荷、绿薄荷，多半是搭了其他美好事物的顺风车。中性点的有苏薄荷、水薄荷、蕃荷菜、野薄荷、南薄荷等，也是靠前缀来区分。它还独有一堆充满药气的名字，如水益母、接骨草、人丹草、眼睛草等，说明在医学上也有用武之地。它还有颇多不登大雅之堂的俗名，其中鱼香草算是比较拿得出手的，最不堪的是叫狗肉香，让正人君子们皱眉。这也间接证明了薄荷的卑微，人们一般是不敢给牡丹玫瑰等大牌胡乱起如此不雅的别号的。

薄荷的味道是散淡草香中带着锐利的警醒，刺激人顷刻间清澈和通灵。它的味道像急促的铃铛，不由分说把你从倦怠中唤醒。如果你持续嗅闻，它就变成一枚枚锋快的微剑，从你周身的汗毛孔沁入，把爽洁注入你的神经末梢，让你身体里每一个细胞都单纯透明起来。那种至简至凉的清湛，让人难以忘怀。

话说我买下的薄荷，细弱的三棵挤在一处，灰绿的叶子披头散发，萎靡不振地蜷缩着，似贫苦歪斜的姊妹相互搀扶。我担心地问小贩，不会我刚搬回家，它们就死了吧？小贩咬牙跺脚地说，不会不会！晒蔫了，一浇上水，它们立马活蹦乱跳了。

薄荷果真遇水复活，泼辣地直起了腰，第二天就萌发绿油油、青幽幽的新叶，犹如初生的翡翠。我把它们移栽到院子里，按照查来的资料，把一些枝干折下来，插在土中。一边做一边恐惧地嘀咕，这样的扦插就能成活吗？可不要赔了夫人又折兵，连这老株也保不住哦！

再次看到薄荷，是一个月后。我的天！它们在土地中生根发芽，已经如绿色的火焰一般蔓延开来，依着生发时间的不同，枝茎和叶脉分为娇绿、苍绿和灰绿色，甚至还有淡淡的幽蓝色。锯齿样的叶子边缘，蕴含着的汁液似乎要化成绿珠玑，成串滴落下来。更有令人欣喜的事儿，是它们居然开出一串串极细小的淡紫色花，俯身去闻，香味尤其窜烈。空气中传布着沁人心脾的凉爽气息，好像大地之母在不停地咀嚼着口香糖。

我笑话自己，这话大有语病。不是薄荷像口香糖，而是口香糖沾了薄荷的光。现代工业已经让我们这般本末倒置。我估计很多孩

子是先在牙膏、香皂、洗发露、沐浴露、花露水中见识了这味道，然后才得以亲见薄荷的真身。

薄荷是让人充满希望惊喜的植物，凝视它，心在期许中被染绿。查了资料，不得了，这平凡的小草花，背负着惊世骇俗的故事。

哈迪斯是古希腊神话中统治冥界的冥帝，是宙斯的哥哥。他虽执掌冥府，本人却是个英俊男子。他还很富有，披黑色大氅，驾四匹黑马的金色马车，是所有地下矿产的支配人。（是古代的煤老板吧？）

哈迪斯本是对爱情了无兴趣的主神。天上主管爱与美的神祇阿佛洛狄忒不服气，对她的儿子丘比特说："你的弓箭没有任何神或人能够抵抗，孤傲的哈迪斯也应包括在内。"胖胖的小爱神丘比特遵从母命，向哈迪斯射出了他那大名鼎鼎的金箭。这一次女神赢了，冥王无法抵挡爱神的箭矢，爱上了美丽的精灵曼茜。

消息传来，哈迪斯的妻子佩瑟芬妮大怒。为了让冥王放弃曼茜，

佩瑟芬妮捉住曼茜，疯狂地将美女踩碎，让她化为尘埃。余怒未息的佩瑟芬妮，将尘土抛撒路边，让曼茜从此至低至碎无声无息。曼茜顽强地从自己的骨灰中长出一株稚弱卑微的小草，在无尽的摧折踩踏中，非但没有枯萎死亡，反倒散发出一种清凉迷醉的芬芳，在空中缭绕翩翩。

看到这里，我想你已然猜出了这诞生于骨灰中的卑微然而高傲的灵魂，就是薄荷。

有很多关于薄荷的传说，我独喜欢上述这一种。喜欢一株植物在饱受磨难之后，还能欣欣向荣地生长，并散发出如雪花般冰寒的清香，醇和绵柔地善待人间。

希望天下的女子，都如薄荷般洁净自持，疼惜自己的身体，就算是被碾成了泥土，也依然爱与不屈。都如薄荷般有顽强的生命力，百折不挠，始终相信温暖，相信阳光。相信只要自己不倒下，就能茁壮成长香满人间。

毕淑敏

目录

Chapter_1

看得清自己，才能看得见未来

Chapter_2

求而不得都会忘记，最好的归宿是自己

Chapter_3

美是一种态度，无关年龄

Chapter_4

不走出去，
你会以为
这就是全世界

Chapter_5

爱的双人舞，知进退才相宜

Chapter_6

一顾平生，谁是你的闺密

Chapter_7

生命之美，让青春安全着陆

身　如　薄　荷　清

SHEN RU BO HE QING

我很重要。我终于大声地对世界这样宣布。片刻之后，我听到山岳和江海传来回声。

Chapter_1

看得清

自己，

才能看得见

未来

我爱我的性别

我的性别，如同我的身体、我的大脑，
我无条件地接纳它。于是，我热爱我的性别。

除极少数人以外，每个人都有一个明确的性别。这是一种先天的必然。不过，就像不是所有的人都接受他们的长相一样，很多人不爱自己的性别。

不爱自己的性别的人，是自卑的人，是不快乐的人，甚至——是悲惨的人。

细细分析，什么样的人最不爱自己的性别呢？也就是说，是男人不爱自己是男人，还是女人不爱自己是女人呢?

我想，不用做特别周密的调查就可以发现，在不喜欢自己性别的人群当中，女人占了大多数。

我也在其中。在过去很长的一段时间内，我不喜欢自己的性别。总在想，如果有可能的话，我愿意下辈子变成男人。

当然，我的决心还不够大。如果足够大的话，我可以去做变性手术，那么这辈子就可以变成男人了。

为什么不喜欢自己的性别呢? 说来话长。在我还没有性别这个概念的时候，是无所谓喜欢还是不喜欢的。就像我们没有特别地喜欢还是不喜欢自己的手和脚。你喜欢也罢，不喜欢也罢，它都忠实地追随着你，默默无言地为你贡献着力量，你不能把它砍了剁了。如果不出意外，你得驮着它们到生命尽头。

让我开始不喜欢我的性别的，是这个社会中的文化。它把一种弱者的荆棘之冠，戴到了女性的头上。你是一个女人，你就打上了先天的“红字”，无论你多么努力，都将堕入次等公民的行列。

在白雪皑皑的世界屋脊，我是一名用功的医生。一次，司令员病了，急需诊治。刚开始派去的都是男性，但不知是司令员的威仪吓坏了他们，还是高寒缺氧让病情复杂难愈，总之，疗效不显，司令员渐趋重笃。病榻上的将军火了，大发脾气道，还有没有像样的兵了？领导于是派我出这趟苦差。也许是病势沉重的司令员，在我

眼里同一个瘦弱的老农没多大区别，手起针落，该怎么治就怎么治。也许是前头的治疗如同吃进了三个包子，轮到我这第四个包子的时候，幸运已然降临。总之，他渐渐地康复了。几天后，司令员终能勉强坐起，批阅文件调度军队了……深夜，他看着忙碌的我，突然长叹道，可惜啦！你是个女的。我说，女的有什么不好？司令员说，如果是个男的，我就提你当参谋。以后，兴许你能当上参谋长。可你是个女的，这就什么都瞎了……

那一刻，仿佛昆仑山万古不化的寒冰，崩入我心田。我知道了有一种与生俱来的羞辱，从此将朝夕跟随于我。无辜的我，要背负着性别这个深渊般的负数，直到永远。无论怎样努力，它都将如魔鬼般地冲抵着成绩，让我自轻自侮。前面，是透明的气囊，阻滞我步伐。上面，是透明的天花板，遮挡我飞翔……

后来，在漫长的岁月里，经过了痛苦的学习和反思，我才领悟到……我的性别是我不可分割的一部分，它无罪。

人类的性别，是人类的进化与分工，它是人类的骄傲。人为地将性别划分出高尚和卑贱的区别，是一种偏见和愚昧。

女性，这一神圣的性别，和男性具有同样的思索与行动的能力。因此，她是平等和光荣的。她所具有的繁衍哺育后代的结构和职责，更使她辛劳和伟大。

我的性别，如同我的身体、我的大脑，我无条件地接纳它。

于是，我热爱我的性别。

我很重要

我们在时刻努力着，为光明在奋斗着，我们就是在无比重要地生活着。

当我说出“我很重要”这句话的时候，颈项后面掠过一阵战栗。我知道这是把自己的额头裸露在弓箭之下了，心灵极容易被别人批判洞伤。

许多年来，没有人敢在光天化日之下表示自己“很重要”。我们从小受到的教育都是——“我不重要”。

作为一名普通士兵，与辉煌的胜利相比，我不重要。

作为一个单薄的个体，与浑厚的集体相比，我不重要。

作为一位奉献型的女性，与整个家庭相比，我不重要。

作为随处可见的人的一分子，与宝贵的物质相比，我不重要。

当我在国外的一份刊物上看到“一个人的价值胜于整个世界”的口号时，曾大惑不解。

我们——简明扼要地说，就是每一个单独的“我”——到底重要还是不重要?

我是由无数星辰日月、草木山川精华汇聚而成的。只要计算一下我们一生吃进去多少谷物，饮下了多少清水，才凝聚成一具美轮美奂的躯体，我们一定会为那数字的庞大而惊讶。平日里，我们尚要珍惜一粒米、一叶菜，难道可以对亿万粒菽粟、亿万滴甘露濡养出的万物之灵，掉以丝毫的轻心吗?

当我在博物馆里看到北京猿人窄小的额和前凸的嘴时，我为人类原始时期的粗糙而黯然。他们精心打制出的石器，用今天的目光看来不过是极简单的玩具。如今很幼小的孩童，就能熟练地操纵语言，我们才意识到已经在进化之路上前进了多远。我们的头颅就是一部历史，无数祖先进步的痕迹储存于脑海深处。我们是一株亿万年苍老树干上最新萌发的绿叶，不单属于自身，更属于土地。人类的精神之火，是连绵不断的链条，作为精致的一环，我们否认了自身的重要，就是推卸了一种神圣的承诺。

回溯我们诞生的过程，两组生命基因的嵌合，更是充满人所不能把握的偶然性。我们每一个个体，都是机遇的产物。

常常遥想，如果是另一个男人和另一个女人，就绝不会有今天的我……

即使是这一个男人和这一个女人，如果换了一个时辰相爱，也不会有此刻的我……

即使是这一个男人和这一个女人在这一个时辰，由于一片小小落叶或是清脆鸟啼的打搅，依然可能不会有如此的我……

一种令人怅然以至走入恐惧的想象，像雾霭一般不可避免地缓缓升起，模糊了我们的来路和去处，令人不得不断然打住思绪。

我们的生命，端坐于概率垒就的金字塔的顶端。面对大自然的鬼斧神工，我们还有权利和资格说我不重要吗？

对于我们的父母，我们永远是不可重复的孤本。无论他们有多少儿女，我们都是独特的。

假如我们不存在了，他们就空留一份慈爱，在风中蛛丝般无以附丽地飘荡。

假如我们生了病，他们的心就会皱缩成石块，无数次向上苍祈祷我们的康复，甚至愿灾痛以十倍的烈度降临于他们自身，以换取我们的平安。

我们的每一滴成功，都如同经过放大镜，进入他们的瞳孔，摄入他们的心底。

假如我们先他们而去，他们的白发会从日出垂到日暮，他们的泪水会使太平洋为之涨潮。

面对这无法承载的亲情，我们还敢说我不重要吗？

我们的记忆，同自己的伴侣紧密地缠绕在一起，像两种混淆于一碟的颜色，已无法分开。你原来是黄，我原先是蓝，我们共同的颜色是绿，绿得生机勃勃，绿得苍翠欲滴。失去了妻子的男人，胸口就缺少了生死攸关的肋骨，心房裸露着，随着每一阵轻风滴血；失去了丈夫的女人，就是齐刷刷折断的琴弦，每一根都在雨夜长久地自鸣……

面对相濡以沫的同道，我们忍心说我不重要吗？

俯对我们的孩童，我们是至高至尊的唯一。我们是他们最初的宇宙，我们是深不可测的海洋。假如我们隐去，孩子就永失淳厚无双的血缘之爱，天倾东南，地陷西北，万劫不复。盘子破裂，可以粘起；童年碎了，永不复原。伤口流血了，没有母亲的手为他包扎；面临抉择，没有父亲的智慧为他谋略……面对后代，我们有胆量说我不重要吗？

与朋友相处，多年的相知，使我们仅凭一个微蹙的眉尖、一次睫毛的抖动，就可以明了对方的心情。假如我不在了，就像计算机失去了一份不曾复制的文件，她的记忆库里留下不可填补的黑洞。夜深人静时，手指在揿了几个电话键码后，骤然停住，那一串数字再也用不着默诵了。逢年过节时，她写下一沓沓的贺卡。轮到我的地址时，她闭上眼睛……许久之后，她将一张没有地址只有姓名的贺卡填好，在无人的风口将它焚化。

相交多年的密友，就如同沙漠中的古陶，摔碎一件就少一件，再也找不到一模一样的成品。面对这般友情，我们还好意思说我不重要吗？

我很重要。

我对于我的工作、我的事业，是不可或缺的主宰。我的独出心裁的创意，像鸽群一般在天空翱翔，只有我才捉得住它们的羽毛。我的设想像珍珠一般散落在海滩上，等待着我把它用金线拴起。我的意志向前延伸，直到地平线消失的远方……

没有人能替代我，就像我不能替代别人。

我很重要。

我对自己小声说。我还不习惯嘹亮地宣布这一主张，我在不重要中生活得太久了。

我很重要。

我重复了一遍，声音放大了一点。我听到自己的心脏在这种呼唤中猛烈地跳动。

我很重要。

我终于大声地对世界这样宣布。片刻之后，我听到山岳和江海传来回声。

是的，我很重要。我们每一个人都应该有勇气这样说。我们的地位可能很卑微，我们的身份可能很渺小，但这丝毫不意味着我们不重要。重要并不是伟大的同义词，它是心灵对生命的允诺。

对于一株新生的树苗，每一片叶子都很重要。对于一个孕育中的胚胎，每一段染色体碎片都很重要。甚至驰骋寰宇的航天飞机，也可以因为一个密封橡皮圈的疏漏而凌空爆炸——你能说它不重要吗？

人们常常从成就事业的角度，断定我们是否重要。但我要说，只要我们在时刻努力着，为光明在奋斗着，我们就是在无比重要地生活着。

让我们昂起头，对着我们这颗美丽的星球上无数的生灵，响亮地宣布——

我很重要。

我所喜爱的女性

我喜欢深存感恩之心又独自远行的女人。知道谢每一粒种子、每一缕清风，也知道要早起播种和御风而行。

我喜欢爱花的女性。花是我们日常能随手得到的最美好的景色。从昂贵的玫瑰到卑微的野菊。花不论出处，朵不分大小，只要生机勃勃地开放着，就是令人心怡的美丽。不喜欢花的女性，她的心多半已化为寸草不生的黑戈壁。

我喜欢眼神乐于直视他人的女性。她会眼帘低垂余光袅袅，也会怒目相向入木三分，更多的时间她是平和安静甚至是悠然地注视着面前的一切，犹如笼罩风云的星空。看人躲躲闪闪目光如蚂蚁般跳动的女性，我总怀疑她受过太多的侵害。这或许不是她的错，但她已丢了安然向人的能力。

我喜欢到了时候就恋爱、到了时候就生子的女人，恰似一株按照节气拔苗分蘖结粒的麦子。我能理解一切的晚恋晚育和独身，可我总顽固认为逆时辰而动，须储存偌大的勇气，才能上路。如果是平凡的女子，还是珍爱上苍赋予的天然节律，徐步向前。

我喜欢会做饭的女人，这是从远古传下来的手艺。博物馆描述猿人生活的图画，都绘着腰间绑着兽皮的女人，低垂着乳房，拨弄篝火，准备食物。可见烹饪对于女子，先于时装和一切其他行业。汤不一定鲜美，却要热。饼不一定酥软，却要圆。无论从爱自己还是爱他人的角度想，“食”都是一件大事。一个不爱做饭的女人，像风干的葡萄干，可能更甜，却失了珠圆玉润的本相。

我喜欢爱读书的女人。书不是胭脂，却会使女人心颜常驻。书不是棍棒，却会使女人铿锵有力。书不是羽毛，却会使女人飞翔。书不是万能的，却会使女人千变万化。不读书的女人，无论她怎样冰雪聪明，只有一世才情，可书中收藏着百代精华。

我喜欢深存感恩之心又独自远行的女人。知道谢父母，却不盲从。知道谢大地，却不畏惧。知道谢自己，却不自恋。知道谢朋友，却不依赖。知道谢每一粒种子、每一缕清风，也知道要早起播种和御风而行。

做自己身体的朋友

你的身体，是你安身立命的资本。如果你连自己的身体都不懂不爱，你何谈洞察世事，爱他人，爱世界？

每个人都居住在自己的身体里面，从一出生到最后的呼吸时刻。这在谁都是没有疑义的，但我们对自己的身体知道多少？

尤其是女性，我们的身体不但是最贴切、最亲密的房子，对大多数女性来说，还是诞育人类后代最初的温室。我们怎能不爱护这一精妙绝伦的构造？

我认识一位女性朋友，患了严重的妇科疾患，到医院诊治。检查过后，医生很严肃地对她说，要进行一系列的治疗，这期间要停止夫妻生活。她听完之后，一言不发扭头就走。事后我惊讶地问她这是为什么？为何不珍重自己的生命？她说，丈夫出差去了，马上要回家。如果此刻开始接受治疗，丈夫回来享受不到夫妻生活，就会生气。所以，她只有不在乎自己的身体了。

那一刻，我大悲。

女性啊，你的身体究竟属于谁？

早年当医生时，我见过许多含辛茹苦的女人，直到病入膏肓，才第一次踏进医院的大门。看她满脸菜色，疑有营养不良，问起家中的伙食，她却很得意地告诉你，一个月，买了多少鸡、多少蛋……听起来，餐桌上盘碗还不算太拮据。那时初出道，常常就轻易地把这话放过了。后来在老医生的教诲下，渐渐长了心眼，逢到这种时候，总要更细致地追问下去。这许多菜肴，吃到你嘴里的，究竟有多少呢？比如，一只鸡，你吃了哪块儿？鸡腿还是鸡翅？

答案往往令人心酸。持家的女人，多是把好饭好菜让给家人，自己打扫边角碎料。吃的是鸡肋，喝的是残汤。

还有更多的现代女性，在传媒广告绝色佳人的狂轰滥炸下，不满意自己身体的外形。嫌自己的腿不长，忽略了它最基本的功能是持重和行走。嫌自己的眼不大，淡忘了它最重要的功劳是注视和辨别。嫌自己的皮肤不细白，漠视它最突出的贡献是抵御风霜。嫌自己的手指不纤长，藐视了它最卓越的表现是力量与技巧……于是她们自卑自惭之后，在商家的引导下，便用种种方式迫害自己的身体，以至美容毁了容，减肥丧了命的惨事，时有所闻。

关于我们的身体——这所我们居住的美轮美奂的宫殿，你可通晓它的图纸？有多少女人，是自己的“身体盲”？

感谢中国有眼光的学者和出版家们，这两年来，翻译出版了一些有关女性身体的著作。在我手边的就有知识出版社出版的《我们的身体，我们自己——美国妇女自我保健经典》和东方出版社出版的《女性的身体——个人必备手册》。

以我一个做过医生的女性眼光来看，这两本书，做女人的，无论你多忙，也要抽空一读。或许正因为你非同寻常地忙，就更得一读。因为你的身体，是你安身立命的资本。如果你连自己的身体都不懂不爱，你何谈洞察世事，爱他人，爱世界？

爱不是一句空话。爱的基础是了解。你先得认识你的身体，听懂它特别对你发出的信号。明白它的坚忍和它的极限。你的身体是跟随你终生的好朋友，在它那里，居住着你自己的灵魂。如果它粉碎了，你所有的理想都成漂萍。身体是会报复每一个不爱惜、不尊重它的人的。如果你浑浑噩噩地摧残它，它就会冷峻地给你一点颜

色看。一旦它衰微了，你将丧失聪慧的智力和充沛的体力，难以自强自立于世。

我希望有更多的姐妹，当然也希望先生们，来读读这种关于身体的书。它是我们每人都享有的这座宫殿的导游图。

男人和女人的区别

无所谓高下，无所谓短长，无所谓优劣，无所谓输赢。各自沐着风雨，在电闪雷鸣的时候，打个招呼。

做医生的时候，常常接生。男婴和女婴的区别，就在那小小的方寸之间。后来，男孩和女孩长大了，一个头发长，一个头发短；一个穿裙衫，一个穿短裤。这是他人强加给男人和女人最初的区别，他们其实还在混沌之中。后来，曲线们出来了，肌肉们出来了。这些名叫第二性征的桨，把男人和女人的涟漪渐渐划出互不相干的圆环。

遇到过一个女病人，因为重病，需要持续地应用雄激素。那是一种黏稠的胶水样物质，往针管里抽的时候非常困难，好像是黄油。那药瓶极小，比葵花籽大不了多少。每个星期打两针，量也不算大。药针就这样一管管打下去，不知从哪一天开始，以前那个清秀的女孩，像蝉蜕悄然陨落。一个音色粗哑、须发苍黑、骨骼阔大、满脸粉刺的鲁莽汉子蹒跚地出现在我们面前。以至于同屋的一个女病人嗫嚅对我说，她还算女人吗？我想换到别的屋。

男人也有用雌激素的，比如国际驰名的人妖。任凭你有再好的眼力，也看不出他们与天然的女人有何区别。

我端详着装有雌雄两种激素的小瓶，在医学里它们被庄严地称为“安瓿”——英文“AMPOULE”的音译。意思是密封的小注射剂瓶。两种激素的作用虽有天壤之别，但外观是那样地相似，像新鲜松香黏而透明。敲开安瓿闻一闻，也没有什么特殊的气味。

但男人和女人的巨大差别就蕴藏在这柔润的液体里。这魔幻的药水里，有尖锐的喉结、细腻的肌肤、温婉的脾性和烈火般的品格。它使所有男人和女人的神秘，都简化成一个枯燥的分子式。它是上帝之手，可以任意制造美女和伟男。它是点石成金的造化，把人类多少年的雕琢浓缩到短暂的瞬间。

人关于自身最玄妙的谜语，被这淡黄色的油滴践踏。所有男人和女人各自引以为豪的差别，只不过是两个小小的安瓿而已。

假如你把玻璃药瓶上的字迹擦掉，你就分不清它到底是哪一种激素。

两个一模一样的安瓿。这就是男人和女人的全部区别。

我们沉默。我们黯淡。科学就是这样清脆地击落神话和谎言，逼迫人们面对赤裸裸的真实。

男人和女人的区别究竟在哪里？

他们犹如南极和北极，蒙着一样的冰雪，裹着一样的严寒，但它们南辕北辙，永不重叠。

性征是不足以强调的，它们已在冰静的手术台上，被人千百次地重新塑造。甚至女性赖以骄人的生育，也已被清澈的试管代替。生物的自然属性淡化为一连串简洁的符号。假如今日还有人以自己的性别特征为资本，喋喋不休，那实在是悲哀和愚蠢。

我们寻找，男人和女人的区别。

那区别不在生理而在心理，不在外表而在内心，人类文明进程的天空愈晴朗，太阳和月亮的个性愈分明。

男人和女人都做事业。男人是为了改造这个世界，女人是为了向世界证明自己。

男人为了事业，可以抛却生命和爱情。他们几乎从一开始的时候就下了必死的决心，愿意用一生去殉事业。男人崇尚死，以为死是最壮丽的序言和跋。因而男人是悲壮的动物。

女人为了事业，力求生命和爱情两全。她们在两座陡壁中艰难地攀登，眼睛始终注视着狭隘的蓝天。她们总相信在生命的最后一分钟会出现奇迹，她们崇尚生。在她们的潜意识里，自己曾经制造过生命，还有什么制造不出来的呢？女人是希望的动物。

男人的感情像一只红透了的苹果，可以分割成许多等份，每一份都香甜可口。当然被虫子蛀过的地方除外。

女人的感情像一洼积聚缓慢的冷泉，汲走一捧就少一捧，没有办法叫它加速流淌。假如你伤了那泉眼，泉水会在瞬间干涸。所以女人有时候会显得莫名其妙。

男人的内心像一颗核桃。外表是那样坚硬，一旦砸烂了壳，里面有纵横曲折的闪回，细腻得超乎想象。

女人的内心像一颗话梅。细细地品，有那么复杂的滋味。咬开核，里面藏着一个五味俱全的苦仁。

男人的胸怀大，所以他们有时粗心。女人的心眼小，所以她们会斤斤计较。

男人的脚力好，所以他们习惯远行。女人的眼力好，所以她们爱停下来欣赏风景。

男人和女人都是孩子。男人是为了找到一个酷肖自己的人，自己没做完的事还等着他去做呢。女人是为了制造一个崭新的人，做一番自己意想不到的事。

男人和女人都吃饭。男人吃饭是为了更有力气，所以他们总是狼吞虎咽。女人吃饭是因为必须要吃，所以她们总是心不在焉。

男人和女人都穿衣。男人穿衣是为了实用，所以他们冬着皮毛夏套短裤，只管自己惬意。女人穿衣是为了美丽，所以她们腊月穿裙子三伏披有帽子的风衣，很在乎别人的评论。

男人遇到伤心事的时候，把眼泪咽到肚里，所以他们的血液就越来越咸，心像礁石，虽然有孔，但是很硬。女人遇到伤心事的时候，就把眼泪洒在地上，所以她们的血液就越来越淡，像矿泉水一样，比较甜，比较晶莹。

男人爱把自己的忧郁藏起来，觉得忧郁是一件丢脸的事情。女人爱把忧郁涂在自己的脸上，好像那是一种名贵的粉底霜。

男人把屈辱痛苦愤怒都化为力量。他们好像一只热火朝天的炉子，无论什么东西抛进去，都能成燃料，呼呼地烧起来。水哗哗地开了，喧嚣的蒸汽推着男人向前走。

女人将所有的苦难都凝聚为仇恨。无论伤害的小路从哪里开始，都将到达复仇的城堡。然而女性的报复是一把双刃的剪刀，它在刺伤女人仇人的同时刺伤女人。甚至它刺伤主人在先。然而女人正是见到仇人的血与自己的血流在一起，她才心安，才感到复仇的真实。假如自己毫发无损，即使对方血流成河，她们也觉得不可靠、不扎实。她们有一种同归于尽的渴望。

男人在欢庆胜利的时候，马上考虑把战果像面包似的发起来。胜利像毒品一样，刺激他们更大的欲望。女人在欢庆胜利的时候，想的是赶快把苹果放到冰箱里保存起来。胜利像电扇，吹得她们更清醒。于是男人多常胜将军也多一败涂地的草寇，女人多稳练的干家却乏恢宏的大手笔。

男人会喜欢很多的女人，在他一生的任何时候。女人会怀念一个唯一的男人，在她行将离开这个世界的瞬间。

男人和女人的区别太多太多。它们像骨髓，流动在最坚硬的地方。当我们说某某像个女人的时候，我们已使女人抽象。当我们说某某像个男人的时候，我们指的其实是一种类型。剔掉了世俗的褒贬之意，原野上剩下了孤零零的两棵树。两棵树都很苍老，年轮同文明一般古旧。它们枝叶繁茂，上面筑满鸟巢。

它们会走到一处吗?

无所谓高下，无所谓短长，无所谓优劣，无所谓输赢。各自沐着风雨，在电闪雷鸣的时候，打个招呼。

男人和女人的区别，地久天长。

姑娘，你最近还好吗

不论是身体的癌症还是心理上的癌症，只要精神不屈，它们就会败退。

那天，一位姑娘走进我的心理室，文文静静地坐下了。她的登记表上咨询缘由一栏，渺无一字。也就是说，她不想留下任何信息表明自己的困境。

我打量着她。衣着黯淡却不失时髦，看得出价格不菲。脸色不好，但在精心粉饰之下，有一种凄清的美丽。眉头紧蹙，言语虽是缓缓的，却如同细碎的弹片四下迸射。

“我得了乳腺癌，你想不到吧？不但你想不到，我也想不到。直到我躺在手术台上，刀子滑进我胸前皮肤的时候，我还是根本不相信这个诊断。我想，做完了手术，医生们就会宣布这是一个天大的误会。病理检验确认了癌症，我彻底垮了。化疗，头发被连根拔起。刀疤横劈，我知道我的生活发生了毁灭性的改变。我原是辆红色的小火车，有名利，有地位，有钱，有高学历，拉着汽笛风驰电掣隆隆向前，人们都羡慕地看着我，现在，火车脱轨了，颠覆了，零件散落一地……”

“我辞了外企的高薪工作，目前在家休养。我想，我的生命很有限了，我要用这有限的生命来做三件事情。第一件，以我余生的所有时间来恨我的母亲……”

无论我怎样克制着自己的情绪，还是不由自主地把震惊之色写满一脸。重病之时，正是期待家人支持的关键时刻，怎能如此决绝痛恨母亲呢？

她看出了我的大惑，说：“我的母亲是一个医生，在得知我得了病以后，她没有给过我任何关于保乳治疗的建议，总是督促我赶快接受手术。我一个外行人，不知道还有保存乳房治疗乳腺癌的方法，可她是一个医生啊，为什么不替她唯一的女儿多多考虑一番，就让那残忍的一刀切下来了呢？所以我咬牙切齿地恨她。”

“我要做的第二件事就是死死绑住一个男人。这个男人有家室，以前我们是情人关系，常在一起度周末，彼此愉悦。我知道这不符合毕老师你这一代人的道德标准，但对我来说是无所谓的事情。我从来没有要求他承诺什么，也不想拆散他的家庭，因为那时我还有对人生和幸福的通盘设计，和他交往不过是权宜之计。可是，如今情况大不同了，我已经失去了一只乳房，不再完整。我无法把残缺的身体展现在另外的男人面前，这个情人是见证过完整的我的最后一个男人了。我要他离婚娶我。如果他不同意，我就把他和我的关系公布于众。他是有身份好脸面的人，不敢惹翻我，我会继续逼他……”

“我要做的第三件事，是拼命买昂贵的首饰。只有这些金光闪闪、晶莹剔透、美轮美奂的小物件，才能挽留住我的脚步。我常常沉浸在死亡的想象之中，找不到生存的意义。我平均每两周就有一次自杀的冲动，唯有想到这些精美的首饰，在我死后，不知要流落到什么样的人手里，才会生出一缕对生的眷恋。项圈套住了我的性命，耳环锁起我对人间最后的温情……”

她不停地说着，漠然而坦率。我的心随之颤抖，看出了这镇定之下的苦苦挣扎。后来她又向我摊开了所有的医疗文件，她的乳腺癌并非晚期，目前所有的检查结果也都很正常。

我确信她的生命受到了严重的威胁，但这不是来自那个被病理切片证实了的生理的癌症，而是她在癌症击打之下被粉碎了的自信和尊严。癌症本身并非不治之症，癌症之后的忧郁和愤怒、无奈和恐惧、孤独和放弃、锁闭和沉沦……才是最危险的杀手。

后来她接受了多次的心理咨询，并且口服抗抑郁的药物。在双重治疗之下，她一天天坚强起来。她不再怨怼母亲，因为不是母亲让她得了癌症。尽管也许母亲没有尽到最好的参谋作用，但身患病痛是自己的事情，不必怨天尤人。她已长大，只能独立面对命运的残酷挑战并负起英勇还击的责任，而不是像个小妞妞赖妈妈没有把自己照顾好。她意识到虽然切除了一侧乳房，但她依然是完整的女人，依然有权利昂然追求自己的幸福。哪个男人能坦然地接受她、珍惜她，这才是爱情的坚实基础。建立在要挟和控制之上的情人关系，只能是一出浩大悲剧的幕布。至于美丽的首饰嘛，她说，我想自己留下一部分，然后把一些送给朋友们。我还是很喜爱金光闪闪和玲珑剔透的小物件，但我不必把它们像铁锚一样紧紧地抓在手里，生怕一松手遗失了它们就等于丢掉了自己的生命……

疗程结束走出诊室的时候，她说，毕老师，我就不和您说再见了，因为我不想再见到您。这不等于说我不感谢您，今后的某一天，也许您的耳朵根子会突然发热，那就是我在远方深情地呼唤着您。

我不见您，是相信我自己有能力对付癌症，不论是身体的癌症还是心理上的癌症，只要精神不屈，它们就会败退。

我微笑着和她道别，但愿自己永远不再见到她。但有时，会冷不丁想起这美丽的姑娘，最近还好吗？

阅历只是一种成熟的土壤，成熟则需要智慧。读书会开启女性自身的智慧。

Chapter_ 2

求而不得都会

忘记，

最好的归宿

是自己

鱼在波涛下微笑

在水中自由地遨游，闲暇的时候挣脱一切羁绊，到岸上享受晨风拂面，然后，一个华丽的俯冲，重新潜入关系之水，做一条鱼在波涛下微笑。

心在水中。水是什么呢？水就是关系。关系是什么呢？关系就是我们和万物之间密不可分的羁绊。它们如丝如缕百转千回，环绕着我们，滋润着我们，营养着我们，推动着我们；同时也制约着我们，捆绑着我们，束缚着我们，缠绕着我们。水太少了，心灵就会成为酷日下的撒哈拉。水太多了，堤坝溃塌，如同2005年夏的新奥尔良，心也会淹得两眼翻白。

人生所有的问题，都是关系的问题。在所有的关系之中，你和你自己的关系最为重要。它是关系的总脐带。如果你处理不好和自我的关系，你的一生就不得安宁和幸福。你可以成功，但没有快乐。你可以有家庭，但缺乏温暖。你可以有孩子，但他难以交流。你可以姹紫嫣红、宾朋满座，但却不曾有高山流水、患难之交。

你会大声地埋怨这个世界，殊不知症结就在你自己身上。

你爱自己吗？如果你不爱自己，你怎么有能力去爱他人？爱自己是最简单也是最复杂的事情。它不需要任何成本，却需要一颗无畏的灵魂。我们每个人都是不完满的，爱一个不完满的自己是勇敢者的行为。

处理好了和自己的关系，你才有精力和智慧去研究你的人际关系，去和大自然和谐相处。如果你被自己搞得焦头烂额，就像一个五内俱空的病人，哪里还有多余的热血去濡养他人！

在水中自由地遨游，闲暇的时候挣脱一切羁绊，到岸上享受晨风拂面，然后，一个华丽的俯冲，重新潜入关系之水，做一条鱼在波涛下微笑。

握紧你的右手

生活中就像没有无缘无故的爱一样，也没有无缘无故的幸运。我不相信命运，我只相信我的手。

常常见女孩郑重地平伸着自己的双手，仿佛托举着一条透明的哈达。看手相的人便说：男左女右。女孩把左手背在身后，把右手手掌对准湛蓝的天。

常常想世上可真有命运这种东西？它是物质还是精神？难道说我们的一生都早早地被一种符咒规定，谁都无力更改？我们的手难道真是激光唱盘，所有的祸福都像音符微缩其中？

当我沮丧的时候，当我彷徨的时候，当我孤独寂寞悲凉的时候，我曾格外地相信命运，相信命运的不公平。

当我快乐的时候，当我幸福的时候，当我成功优越欣喜的时候，我格外地相信自己，相信只有耕耘才有收成。

渐渐地，我终于发现命运是我怯懦时的盾牌，当我叫嚷命运不公最响的时候，正是我预备逃遁的前奏。命运像一只筐，我把对自己的姑且、原谅以及所有的延宕都一股脑儿地塞进去，然后蒙一块宿命的轻纱。我背着它慢慢地向前走，心中有一份心安理得的坦然。

有时候也诧异自己的手。手心叶脉般的纹路还是那样琐细，但这只手做过的事情，却已有了几番变迁。

在喜马拉雅山、冈底斯山、喀喇昆仑山三山交汇的高原上，我当过卫生员。在机器轰鸣铜水飞溅的重工业厂区里，我做过主治医师。今天，当我用我的笔抒写我对这个世界的想法时，我觉得是用我的手把我的心制成薄薄的切片，置于真和善的天平之上……

高原呼啸的风雪，卷走了我一生中最好的年华，并以浓重的阴影，倾泻于行程中的每一处驿站。

岁月送给我苦难，也随赠我清醒与冷静。我如今对命运的看法，恰恰与少年时相反。

当我快乐当我幸福当我成功当我优越当我欣喜的时候，当一切美好辉煌的时刻，我要提醒我自己——这是命运的光环笼罩了我。

在这个环里，居住着机遇，居住着偶然性，居住着所有帮助过我的人。

而当我挫折和悲哀的时候，我便镇静地走出那个怨天尤人的我，像孙悟空的分身术一样，跳起来，站在云头上，注视着那个不幸的人，于是我清楚地看到了她的软弱、她的懦怯、她的虚荣以及她的愚昧……

年近不惑，我对命运已心平气和。

小时候是个女孩儿，大起来成为女人，总觉得做个女人要比男人难，大约以后成了老婆婆，也要比老爷爷累。

生活中就像没有无缘无故的爱一样，也没有无缘无故的幸运。对于女人，无端的幸运往往更像一场阴谋、一个陷阱的开始。我不相信命运，我只相信我的手。

因为它不属于冥冥之中任何未知的力量，而只属于我的心。我可以支配它，去干我想干的任何一件事情。我不相信手掌的纹路，但我相信手掌加上手指的力量。

蓝天下的女孩儿，在你纤细的右手里，有一粒金苹果的种子。所有的人都看不见它，唯有你清楚地知道它将你的手心炙得发痛。

那是你的梦想，你的期望！

女孩，握紧你的右手，千万别让它飞走！相信自己的手，相信它会在你的手里，长成一棵会唱歌的金苹果树。

谁是你的「重要他人」

人的创造和毁灭都是由自己完成的，人永远是自己的主人。即使当他在最虚弱、最孤独的时候，他也是自己的主人。

“重要他人”是一个心理名词，意思是在一个人心理和性格形成的过程中，起过巨大的影响甚至是决定性作用的人物。

“重要他人”可能是我们的父母长辈，或者是兄弟姐妹，也可能是我们的老师，抑或是萍水相逢的路人。童年的记忆遵循着非常

玄妙神秘的规律，你着意要记住的事情和人物，很可能湮没在岁月的灰烬中，但某些特定的人和事，却挥之不去，影响我们的一生。如果你不把它们寻找出来，并加以重新的认识和把握，它们就可能像一道符咒，在下意识的海洋中潜伏着，影响潮流和季风的走向。你的某些性格和反应模式，由于“重要他人”的影响，而被打上了深深的烙印。

这段话有点拗口，还是讲个故事吧。故事的主人公是我和我的“重要他人”。

她是我的音乐老师，那时很年轻，梳着长长的大辫子，有两个漏斗一样深的酒窝，笑起来十分美丽。当然，她生气的时候酒窝隐没，脸绷得像一块苏打饼干，木板样干燥，很是严厉。那时我大约十一岁，个子很高，是大队委员，也算是孩子里的小官，有很强的自尊心和虚荣心。

学校组织“红五月”歌咏比赛，要到中心小学参赛，校长很重视，希望歌咏队能拿个好名次，为校争光。最被看好的是男女小合唱，音乐老师亲任指挥，每天下午集中合唱队的同学们刻苦练习。我很荣幸被选中，每天放学后，在同学们羡慕的眼光中，走进音乐教室，引吭高歌。

有一天练歌的时候，长辫子的音乐老师突然把指挥棒一丢，一个箭步从台上跳下来，东瞄西看。大家不知所以，齐刷刷闭了嘴。

她不耐烦地说，都看着我干什么？唱！该唱什么唱什么，大声唱！说完，她侧着耳朵，走到队伍里，歪着脖子听我们唱歌。大家一看老师这么重视，唱得就格外起劲。

长辫子老师铁青着脸转了一圈儿，最后走到我面前，做了一个停止的手势，整个队伍瞬间安静下来。她叉着腰，一字一顿地说，我在指挥台上总听到一个人跑调儿，不知是谁。我走下来一个人一个人地听，总算找出来了，原来就是你！一颗老鼠屎坏了一锅汤！现在，我把你除名了！

我木木地站在那里，无法接受这突如其来的打击。刚才老师在我身旁停留得格外久，我还以为她欣赏我的歌喉，唱得分外起劲，不想却被抓了个“现行”。我灰溜溜地挪出了队伍，羞愧难当地走出教室。

那时的我，基本上还算是一个没心没肺的女生，既然被罚下场，就自认倒霉吧。我一个人跑到操场，找了个篮球练起来，给自己宽心道，嗨，不要我唱歌就算了，反正我以后也不打算当女高音歌唱家。还不如练练球，出一身臭汗，自己闹个筋骨舒坦呢（嗨！小小年纪，已经学会了中国小老百姓传统的精神胜利法）！这样想着，幼稚而好胜的心也就渐渐平和下来。

三天后，我正在操场上练球，小合唱队的一个女生气喘吁吁跑来说，原来你在这里！音乐老师到处找你呢！

我奇怪地说，找我干什么？

那女生说，好像要让你重新回队里练习呢！

我挺纳闷，不是说我走调厉害，不要我了吗？怎么老师又改变主意了？对了，一定是老师思来想去，觉得还可用。从操场到音乐教室那几分钟路程，我内心充满了幸福和憧憬，好像一个被发配的清官又被皇帝从边关召回来委以重任，要高呼“老师圣明”了（正是瞎翻小说，胡乱联想的年纪）。走到音乐教室，我看到的是挂着冰霜的“苏打饼干”。长辫子老师不耐烦地说，你小小年纪，怎么就长了这么高的个子？

我听出话中的谴责之意，不由自主就弓了脖子塌了腰。从此这个姿势贯穿了我整个少年和青年时代，总是略显驼背。

老师的怒气显然还没发泄完，她说，你个子这么高，唱歌的时候得站在队列中间，你跑调儿，我还得让另外一个男生也下去，声部才平衡。人家招谁惹谁了？全叫你连累的，上不了场！

我深深低下头，本来以为只是自己的事，此刻才知道还把一个无辜者拉下水，实在无地自容。长辫子老师继续数落，小合唱本来就没有几个人，队伍一下子短了半截，这还怎么唱？现找这么高个子的女生，合上大家的节奏，哪那么容易？现在，只剩下最后一个法子了……

老师看着我，我也抬起头，重燃希望。我猜到了老师下一步的策略，即便她再不愿意，也会收我归队。我当即下决心要把跑了的调儿扳回来，做一个合格的小合唱队员！

我眼巴巴地看着长辫子老师，队员们也围了过来，在一起练了很长时间的歌，彼此都有了感情。我这个大嗓门儿走了，那个男生也走了，音色轻弱了不少，大家也都欢迎我们归来。

长辫子老师站起来，脸绷得好似新纳好的鞋底。她说，你听好，你人可以回到队伍里，但要记住，从现在开始，你只能干张嘴，绝不可以发出任何声音！说完，她还害怕我领会不到位，伸出修长的食指，笔直地挡在我的嘴唇间。

我好半天才明白了长辫子老师的禁令——让我仿佛一个只张嘴不出声的木头人。泪水憋在眼眶里打转，却不敢流出来。我没有勇气对长辫子老师说，如果做傀儡，我就退出小合唱队。在无言的委屈中，我默默地站到了队伍中，从此随着器乐的节奏，口型翕动，却不得发出任何声音。长辫子老师还是不放心，只要一听到不和谐音，锥子般的目光第一个就刺到我身上……

小合唱在"红五月"歌咏比赛中拿了很好的名次，只是我从此遗下再不能唱歌的毛病。毕业的时候，音乐考试要每个学生唱一支歌，但我根本发不出自己的声音。音乐老师已经换人，并不知道这段往事，她很奇怪，说，我听你讲话，嗓子一点毛病也没有，怎么就不能唱歌呢？如果你坚持不唱歌，你这一门就没有分数，你不能毕业。

我含着泪说，我知道。老师，不是我不想唱，是我真的唱不出来。老师看我着急成那样，料我不是成心捣乱，只好特地出了一张有关乐理的卷子给我，我全答对了，才算有了这门课的分数。

后来，我报考北京外语学院附中，口试的时候，又有一条考唱歌，我非常决绝地对主考官说，我不会唱歌。那位学究气的老先生很奇怪，问，你连《学习雷锋好榜样》也不会？那时候，全中国的人都会唱这首歌，我要是连这也不会，简直就是白痴。但我依然很肯定地对他说，我不唱。主考官说，我看你胳膊上戴着三道杠，是个学生干部。你怎么能不会唱？当时我心里想，我豁出去不考这所学校了，说什么也不唱。我说，我可以把这首歌词默写出来，如果一定要测验我，就请把纸笔找来。那老人居然真的去找纸笔了……我抱定了被淘汰出局的决心，拖延时间不肯唱歌，和那群严谨的考官周旋争执，弄得他们束手无策。没想到发榜时，他们还是录取了我。也许是我一通胡搅蛮缠，使考官们觉得这孩子没准以后是个谈判的人才吧。入学之后，我迫不及待地问同学们，你们都唱歌了吗？大家都说，唱了啊，这有什么难的。我可能是那一年北外附中录取新生中唯一没有唱歌的孩子。

在那以后几十年的岁月中，长辫子老师那竖起的食指，如同一道符咒，锁住了我的咽喉。禁令铺张蔓延，到了凡是需要用嗓子的时候，我就忐忑不安，逃避退缩。我不单再没有唱过歌，就连当众发言演讲和出席会议做必要的发言，都会在内心深处引发剧烈的恐慌。我能躲则躲，找出种种理由推诿搪塞。会场上，眼看要轮到自己发言了，我会找借口上洗手间溜出去，招致怎样的后果和目光，也完全顾不上了。有人以为这是我的倨傲和轻慢，甚至是失礼，只有我自己才知道，是内心深处不可言喻的恐惧和哀痛在作祟。

直到有一天，我在做“谁是你的重要他人”这个游戏时，写下了一系列对我有重要影响的人物之后，脑海中不由自主地浮现出了长辫子音乐老师那有着美丽的酒窝却像铁板一样森严的面颊，一阵战栗滚过心头。于是我知道了，她是我的“重要他人”。虽然我已忘却了她的名字，虽然今天的我以一个成人的智力，已能明白她当时的用意和苦衷，但我无法抹去她在一个少年心中留下的惨痛记忆。烙后的伤痕直到数十年后依然冒着焦煳的青烟。

弗洛伊德分析学派认为，“重要他人”的伤害，即使在那些被精心照料的儿童心里，也会留下创伤。因为按照儿童智力发展的规律，当他们幼小的时候，不能够完全明辨所有的事情，以为那都是自己的错。

孩子的成长，首先是从父母的瞳孔中确认自己的存在。他们稚弱，还没有独立认识世界的能力。如同发育时期的钙和鱼肝油会进入骨骼一样，“重要他人”的影子也会进入儿童的心理年轮。“重要他人”说过的话，做过的事，他们的喜怒哀乐和行为方式，会以一种近乎魔法的力量，种植在我们心灵最隐秘的地方，生根发芽。

在我们身上，一定会有“重要他人”的影子。

美国有一位著名的电视主持人，叫作奥普拉·温弗瑞。2003年，她登上《福布斯》身价超过十亿美元的“富豪排行榜”，成为黑人女性获得巨大成功的代表。

父母没有结婚就生下了她，从小住的房子连水管都没有。一天，温弗瑞正躲在屋角读书，母亲从外面走进来，一把夺过她手中的书，破口大骂道，你这个没用的书呆子，把你的屁股挪到外面去！你真的以为你有什么了不起？你这个白痴！

温弗瑞九岁就被表兄强奸，十四岁怀了身孕，孩子出生后就死了。温弗瑞自暴自弃，开始吸毒，然后又暴饮暴食，吃成了一个大胖子，还曾试图自杀。那时，没有人对她抱有希望，包括她自己。就在这时，她的生父对她说：

有些人让事情发生，

有些人看着事情发生，

有些人连发生了什么都不知道。

极度空虚的温弗瑞开始挣扎奋起，她想知道自己的生命中究竟有些什么样的事情会发生。她要顽强地去做“让事情发生的人”。大学毕业之后，她获得了一个电视台主持人的职位，1984 年，她开始主持《芝加哥早晨》，大获成功，在很短的时间里成为全美收视率最高的节目。她开始发动全国范围内的读书节目，她对书的热爱和她的影响力，改变了很多书的命运。只要她在自己的脱口秀节目里对哪本书给予好评，那本书的销量就会节节攀升。

温弗瑞成立了自己的公司，创办了畅销杂志，还参股网络公司。她乐善好施的名声和她的节目一样响亮。她每年都把自己收入的百分之十用于慈善捐助。温弗瑞亲手推动了太多的事情发生！她认为这主要来源于父亲的那一句话。

如果让温弗瑞写下她的“重要他人”，温弗瑞的父亲一定是首选。他不但给予了温弗瑞生命，而且给予了她灵魂。温弗瑞的母亲也算一个，她以精神暴力践踏了幼小的温弗瑞对书籍的热爱，潜藏的愤怒在蛰伏多年之后变成了不竭的动力，使成年以后的温弗瑞，以极大的热情投入和书籍有关的创造性劳动之中，不但自己读了大量的书，还不遗余力地把好书推荐给更多的人。那个侮辱侵犯了温弗瑞的表哥，也要算作她的“重要他人”，这直接导致了温弗瑞的巨大痛苦和放任自流，也在很多年后，主导了温弗瑞执掌财富之后，把大量的款项用于慈善事业，特别是援助儿童和黑人少女。

看，“重要他人”就是如此影响个人的生活和命运。

美国通用电气公司的CEO杰克·韦尔奇，被誉为全球第一CEO。在短短的二十年里，韦尔奇使通用电气的市值增加了三十多倍，达到了四千五百亿美元，排名从世界第十位升到了第二位。韦尔奇说，母亲给他的最伟大的礼物就是自信心。韦尔奇从小就口吃，就是平常所说的“结巴”。在大学读书的时候，每逢星期五，天主教徒是不准吃肉的，所以在学校的餐厅里，韦尔奇经常会点一份烤面包夹金枪鱼。奇怪的是，女服务员端上来的都是两份。为什么呢？因为韦尔奇结巴，总是把这份食谱的第一个单词重复一遍，服务员就听成了“两份金枪鱼”。

面对这样一个吭吭哧哧的孩子，韦尔奇的母亲居然找出了完美的理由。她对幼小的韦尔奇说：“这是因为你太聪明了，没有任何一个人的舌头，可以跟得上你这样聪明的脑袋。”

韦尔奇记住了母亲的这种说法，从未对自己的口吃有过丝毫的忧虑。他充分相信母亲的话，他的大脑比他的舌头转得更快。母亲引导着韦尔奇不断进取，直到他抵达辉煌的顶峰。母亲是韦尔奇的“重要他人”。

再讲一个苹果的故事。正确地说，是两个苹果的故事。一位妈妈有两个孩子，拿出两个苹果。苹果一个大一个小，妈妈让两个孩子自己来挑。大儿子很想要那个大苹果，正想着怎么说才能得到这个苹果，弟弟先开了口，说，我想要大苹果。妈妈呵斥道，你想要大的苹果，你不能说。这个大儿子灵机一动，改口说，我要这个小苹果，大苹果就给弟弟吧。妈妈说，这才是好孩子。于是，妈妈就把小苹果给了小儿子，大儿子反倒得到了又红又大的苹果。大儿子从妈妈这里得到了一条人生的经验：你心里的真心话不可以说，你要把真实掩藏起来。后来，这个大儿子就把从苹果中得到的道理应用于自己的生活，见人只说三分话，耍阴谋使诡计，巧取豪夺，直到有一天把自己送进了监狱。这位成了犯人的大儿子，如果写下自己的“重要他人”，我想他会写下妈妈。

还有一位妈妈，有一个大苹果和三个孩子，也是人人都想得到大苹果。妈妈把苹果拿在手里，说，苹果只有一个，你们兄弟这么多，给谁呢？我把门前的草坪划成三块，你们每人去修剪一块草坪。谁修剪得又快又好，谁就能得到这个大苹果。

众兄弟中的老大得到了大苹果。他从中悟出的生活哲理是——享受要靠辛勤的劳动换取。

这个信念指导着他，直到他最后走进了白宫，成为著名的政治家，如果由他来写下自己的“重要他人”，妈妈也会赫然在目。

看了以上例子，你是不是对“重要他人”的重要性有了进一步的认识？也许有的人会说，我儿时的记忆早已模糊，可不记得什么他人不他人的了。我现在的所作所为，都是我自己决定的，和其他人没关系。

这个说法有一定的道理，在我们的意识中，很多决定的确是经过仔细思考才做出的。但人是感情动物，情绪常常主导着我们的决定。而情绪是怎样产生的呢？这也和我们与“重要他人”的关系密切相关。

有一位著名的心理学家叫作艾利斯，他认为，人的非理性信念会直接影响一个人的情绪，使他遭受困扰，导致人的很多痛苦。比如，有的人绝对需要获得周围环境的认可，特别是获得每一位“重要他人”的喜爱和赞许，其实这是不可能实现的事。有人就是笃信这个观念，把它奉作真理，千辛万苦，甚至委屈自己来取悦“重要他人”，以后还会扩展到取悦更多的人，甚至所有的人，以得其赞赏。结果呢，达不到目的不说，还令自己沮丧、失望、受挫和被伤害。

传统脑神经学认为，每一种情绪都是经过大脑的分析才做出反应，但近年来，美国的神经科学家却找到了情绪神经传输的栈道。通过精确的研究，科学家们发现，有部分原始的信号，是直接从人的丘脑运动中枢发出，引起逃避或是冲动的反应，其速度极快，大脑的分析根本来不及介入。大脑里，有一处记忆情绪经验的地方，叫作杏仁核，它将我们过去遇见事情时的情绪、反应记录下来，好像一个忠实的档案保管员。在以后的岁月中，只要一发生类似事件，杏仁核就会越过大脑的理性分析，直接做出反应。

真是“成也萧何，败也萧何”。杏仁核这支快速反应部队，既帮助我们在危机的时刻成功地缩短应对时间，保全我们的利益，也会在某些时候形成固定的模式，贻误我们的大事。

杏仁核里储存的关于情绪应对的档案资料，不是一时一刻积存的。“重要他人”的记忆，是杏仁核档案馆里使用最频繁的卷宗。往事如同拍摄过的底片，储存在暗室，一有适当的药液浸泡，它们就清晰地显影，如同刚刚发生一般，历历在目，相应的对策不经大脑筛选已经完成。

魔法可以被解除。那时你还小，你受了伤，那不是你的错。但你的伤口至今还在流血，你却要自己想法包扎。如果它还像下水道的出口一样嗖嗖地冒着污浊的气味，还对你的今天、明天继续发挥着强烈的影响，那是因为你仍在听之任之。童年的记忆无法改写，但对一个成年人来说，却可以循着“重要他人”这条缆绳，重新梳理我们和“重要他人”的关系，重新审视我们的规则和模式。如果它是合理的，就变成金色的风帆，成为理智的一部分。如果它是晦暗的荆棘，就用成年人有力的双手把它粉碎。这个过程不是一蹴而就，有时自己完成会力不从心，或是吃力和痛苦，还需要借助专业人士的帮助，比如求助于心理咨询师。

也许有人会说，“重要他人”对我的影响是正面的，正因为心中有了他们的身影和鞭策，我才取得了今天的成绩。这个游戏，并不是要把“重要他人”像拔萝卜一样连根揪出来，然后与之决裂。对我们有正面激励作用的“重要他人”，已经成为我们精神结构的一部分。他们的期望和教诲已化成了我们的血脉，我们永远不会丢弃对他们的信任和仁爱。但我们不是活在“重要他人”的目光中，而是活在自己的努力中。无论那些经验和历史多么宝贵，对我们来说，已是如烟往事。我们是为了自己而活着，并为自己负起全责。

经过处理的惨痛往事，已丧失实际意义的控制魔力。长辫子老师那句“你不要发出声音”的指令，对今天的我来说，早已没有辖制之功。

即使在最饱含爱意的环境中长大的孩子，也会存有心理的创伤。

寻找我们的“重要他人”，就是抚平这创伤的温暖之手。

当我把这一切想清楚之后，好像有热风从脚底升起，我能清楚地感觉到长久以来禁锢在我咽喉处的冰霜噼噼啪啪地裂开了，一个轻松畅快的我，从符咒之中解放了出来。从那一天开始，我可以唱歌了，也可以面对众人讲话而不胆战心惊了。从那一天开始，我宽恕了我的长辫子老师，并把这段经历讲给其他老师听，希望他们面对孩子稚弱的心灵，该是怎样的谨慎小心。童年被烙印下的负面情感，是难以简单地用时间的橡皮轻易地擦去。这就是心理治疗的必要所在。和谐的人格不是从天上掉下来的，而是和深刻的内省有关。

告诉缺水的人哪里有水源，告诉寒冷的人哪里有篝火，告诉生病的人哪里有药草，告诉饥饿的人哪里有野果，这些都是天下最好的礼物。

如果让我选出自己最喜欢的游戏，我很可能要把票投给“谁是你的重要他人”。感谢这个游戏，它在某种程度上改变了我的人生。人的创造和毁灭都是由自己完成的，人永远是自己的主人。即使当他在最虚弱、最孤独的时候，他也是自己的主人。当他开始反省自己的状况，开始辛勤地寻找自己的生命所依据的法则时，他就变得渐渐平静而快乐了。

女人什么时候开始享受

女人们，给我们自己留一点享受的时间和空间吧。不要一拖再拖，不要一等再等。

女人什么时候开始享受？

当我们为自己的母亲，为自己的姐妹，为我们自己，问这个问题的时候，我们先要说明什么是女人的享受。

我们所说的享受，不是一掷千金的挥霍，不是灯红酒绿的奢侈，不是吆五喝六的排场，不是颐指气使的骄横……

我们所说的享受，不是珠光宝气的华贵，不是绫罗绸缎的柔美，不是周游列国的潇洒，不是管弦丝竹的飘逸……

我们所说的享受，只不过是在厨房里，单独为自己做一样爱吃的菜；在商场里，专门为自己买一件心爱的礼物；在公园里，和儿时的好朋友无拘无束地聊聊天，不用频频地看表，顾忌家人的晚饭和晾出去还未收回的衣衫……在剧院里，看一出自己喜欢的喜剧或电影，不必惦念任何人的阴晴冷暖……

我们说的女人的享受，只是那些属于正常人的最基本的生活乐趣。只因无数的女人已经在劳累中将自己忘记。

女人何尝不希冀享受啊?

抱着婴儿，煮着牛奶，洗着衣物，女人用沾满肥皂的手抹抹头上的汗水说，现在孩子还小，等孩子长大了，我就可以好好享受享受了……

孩子渐渐地大了，要上幼儿园。女人挽着孩子，买菜做饭，还要在工作上做得出色，女人忙得昏天黑地，忘记了日月星辰。

不要紧，等孩子上了学就好了，松口气，就能享受了……女人们说。她们不知道皱纹已爬上脸庞。

孩子终于开始读书了，女人陷入了更大的忙碌之中。

要把自己的孩子培育成一个优秀的人。女人们这样想着，陀螺似的转动在单位、家、学校、自由市场和各种各样的儿童培训班里……孩子和丈夫是庞大的银河系，女人是行星。

白发似一根银丝，从空气中悄然落下，留在女人疲倦的额头。

我什么时候才能无牵无挂地享受一下呢？

在没有月亮的夜晚，女人吃力地伸展自己酸痛的筋骨，这样问自己。

哦，坚持住。就会好的，等到孩子大了，上了大学，或有了工作，一切就会好的。到那个时候，我可以好好地享受一下了……

女人这样对自己允诺。

她就在梦中微笑了。

时间抽走女人的美貌和力量，用皱纹和迟钝充填留下的黑洞。

孩子大了，飞翔出鸽巢，仅剩旧日的羽毛与母亲做伴。

女人叹息着，现在，她终于有时间享受一下了。

可惜她的牙齿已经松弛，无法嚼碎坚果。她的眼睛已经昏花，再也分不清美丽的颜色。她的耳鼓已经朦胧，辨不明悦耳音响的差别。她的双腿已经老迈，再也登不上高耸的山峰……

出去的孩子又回来了，他带回一个更小的孩子。

于是女人恍惚觉得时光倒流了，她又开始无尽的操劳……

那个更幼小的孩子开始牙牙学语了，只是他叫的不是“妈妈”，而是“奶奶”……

女人就这样老了，终于有一天，她再也不需要任何享受了。

在最后的时光里，她想到了，在很久很久以前，她对自己有过一个许诺——在春天的日子里，扎上一条红纱巾，到野外的绿草地上，静静地晒太阳，听蚂蚁在石子上行走的声音……

那真是一种享受啊！

女人说着，就永远地睡去了。

原谅我描述了这样一幅女人享受的图画，忧郁而凄凉。

因为我觉得无数的女人，在慷慨大度地向人间倾泻爱的时候，她们太不爱一个人了——那就是她们自己。

女人们，给我们自己留一点享受的时间和空间吧。不要一拖再拖，不要一等再等。

就从现在开始，就从今天开始。

不要把盘子里所有的肉都夹到孩子的嘴边。不要把家中所有的钱，都用来装扮房间和丈夫。不要在计划节日送礼物的名单上，独独遗下自己的名字……

善良的女人们，请从这一分钟开始，享受生活。

做女人的智慧

阅历只是一种成熟的土壤，成熟则需要智慧。我相信，读书会开启女性自身的智慧。

不论男性还是女性，每个人都有一个自己发现自己、认识自己的过程，它伴随着一个人成长的全过程，也随着每个人的成长而深化。我来北师大读心理学，就是想更好地了解人、了解自己。我觉得，人如果能把自己搞明白，是件很有意思、很好玩的事。作为女性，更要了解自己，发现自己。通常，人说“人贵有自知之明”，

都是说要明白自己的不足之处。而我认为，女性不光要了解自己的缺点，更要了解自己的优点、自己的特点，这才真的“珍贵”。

我做过医生，对女性的生理比较了解。男女生理上最大的不同是生殖系统的不同，但这种不同并不从根本上决定性别的优劣、强弱。我觉得男女的差异主要体现在社会性别上。我在西藏当兵的时候，我们司令员曾特别惋惜地对我说：“你要是个男的就好了。”我问为什么，他说：“你挺能干的，我想提你当参谋，以后还可以当参谋长，可惜你是个女的，这就没有一点办法了。”这是我长大成人后，第一次鲜明地意识到男女性别上的不平等。

现实中，女性在权利、义务、文化、尊严等方面与男性是有很大差距的，女性在社会上的声音总是很微弱，这是和人类社会的发展过程息息相关的。古时候，人们要打仗，丈二的长矛，女的就是拎不动。而现在，坐在电脑前，男女都一样，而且女的输入得可能还更快。人类的科技进步，为推动男女平等提供了基础，男女因为生理原因导致的不平等，是可以渐渐被淡化的。

我发现我们女性和男性的差异，主要是由于文化上的原因造成的。比如，严父慈母大家都觉得很正常，但如果一个家庭里是严母慈父，大家会觉得有点例外。其实，慈、慈悲，是男女共有的品性，不是女人的专利。最近我看一位作家写的文章，说更年期本是人一个正常的生理过程，但人们说起时会认为它包含一种贬义。这里头就有非常多的文化因素。在大学听我做报告的女学生特别多，从她们的眼神中，我知道她们在思考，可到自由提问的时候，通常第一个站起来的总是男生。从我们的文化上讲，一个女孩子总要先看看别人讲什么，这么站起来会不会冒失啊，又担心自己的问题会不会太幼稚啦，实际上是一种文化在压迫着她。从某种程度上说，这是女性的“自动放弃”。人是生而平等的啊。平等不是等出来的，是自己做出来的。这种“文化上的压迫”存于心间，即使平等已经到来了，女性自己心里还是觉得不平等，那么，这种平等就不能真正地到来。

女性要学会思考，真正成熟起来。女性心理成熟和自身的阅历在一定程度上相关，而这种阅历只是一种成熟的土壤，成熟则需要智慧。比如一个女人经历了失败的婚姻，上一次她找了一个比自己强的失败了，这次就去找一个差的，最后她可能结了四次婚，还是失败了。阅历没有上升成为智慧，没有思考，失败可能还会重复，而并不能使她真正地成熟。我常常看到鸟儿一根一根地叼来树枝，千辛万苦也要给自己搭一个窝，我想，它们也是需要一个家，需要一种安全感。人也一样，只是女性在体力上没法跟男性比，所以，才对安全感要求更高。她们更需要男性的责任感，更需要关怀和呵护，这种需要是正当的。外在的柔软并不意味着女性就是弱者。在面对困境和生命挑战时，男女采取的方式可能不同，但克服困难的本质是一样的。女性凭借自己内在的力量，能够赋予自身生命的意义、人格的尊严。她们在挑战自我的程度上，在承担社会责任的能力上，和男性是相同的。

女性对自身的了解和认识，包括她对自身生命意义的认识。女性到底是为谁活着？很多女人视孩子和丈夫超过自己的生命，以他们为自己生存的意义而忽略了自己。丈夫、孩子无疑是值得女人为之付出的，但并不是女人的全部。我们说，世界上没有相同的两片树叶，生命属于女人自己，女人应该是她自己，应该为自己活着。不少女人在失去丈夫时觉得自己没法活下去了，在孩子不在身边后突然觉得生活空空荡荡没了着落。漫长的岁月里，她们总是在等，等孩子的长大，等丈夫的闲暇，当这些都等到时，才发现自己已经衰老，已经远离了自己原本想干的事。每个人都应该对自己负责，女性如果把自己生存的意义完全寄寓于对方，寄寓于别人对自己负责，这对男人也是不公平的。

女人因为柔软，所以更需要智慧。情感充沛是女人天性的特点，但不应该是女人的弱点。情感是好东西，女人怎么能没有情感呢？只是女人在付出情感时需要判断对方的真假，付出情感后还要保持与男人发展的同步。当然，这种同步不一定是事业上的，而是精神上的同步，精神上的成熟。女人在工作、家庭中的角色本身也是在发展变化中的。一劳永逸是不行的，坐等十年，智慧也等不来。智慧不是来自于外界，而是女人自身的修炼、内在的积累。智慧的女人给人的感觉会是宁静的、平和的。

如果我有一个女儿，我不预期她将来干什么，我会让她自己去经历成长，我希望她去读更多的书，希望她在智慧上更胜一筹。我相信，读书会开启女性自身的智慧。

从女性的特点来说，女性敏感细腻，更容易感受幸福。幸福对每个人的定义是不确定的。我在感到自己有力量的时候，有一种幸福的感觉。这种“有力量”不是指别的，而是我能感知美好的东西，我有能力决定自己的生活。

由从医到写作，是因为写作让我觉得愉快，让我了解人，了解自己，发现自己。我没有理由去做让自己不愉快的事。生命有不可预见性，生活多么新奇，能让我不断地要向前走，不断地进步，我感到很高兴。我想，所有的女性都一样，如果能真正地了解自己，能有智慧，做自己能做好的事，那么，幸福就在不远处。

流露你的真表情

痛则大悲，喜则大笑，只要是从心底流出的对世界的真情感，都是生命之壁的摩崖石刻，经得起岁月风雨的推敲，值得我们久久珍爱。

学医的时候，老师问过一道题目：人和动物，在解剖上的最大区别是什么？

当学生的，争先恐后地发言，都想由自己说出那个正确的答案，这看起来并不是个很难的问题。

有人说，是站立行走。先生说，不对。大猩猩也是可以站立的。

有人说，是懂得用火。先生不悦道，我问的是生理上的区别，并不是进化上的异同。

更有同学答，是劳动创造了人。先生说，你在社会学上也许可以得满分，但请听清我的问题。

满室寂然。

先生见我们混沌不语，自答道，记住，是表情啊。地球上没有任何一种生物，有人类这样丰富的表情肌。比如笑吧，一只再聪明的狗，也是不会笑的。人类的近亲猴子，勉强算作会笑，但只能做出龇牙咧嘴一种状态。只有人类，才可以调动面部的所有肌群，调整出不同规格的笑容，比如微笑，比如嘲笑，比如冷笑，比如狂笑，以表达自身复杂的情感。

我在惊讶中记住了先生的话，以为是至理名言。

近些年来，我开始怀疑先生教了我一条谬误。

乘坐飞机，起飞之前，每次都有航空小姐为我们演示一遍空中遭遇紧急情形时，如何打开氧气面罩的操作。余乘坐飞机凡数十次，每一次都凝神细察，但从未看清过具体步骤。小姐满面笑容地屹立前舱，脸上很真诚，手却很敷衍，好像在做一种太极功夫，点到为止，全然顾及不到这种急救措施对乘客是怎样的性命交关。我分明看到了她们脸上悬挂的笑容和冷淡的心的分离，升起一种被愚弄的感觉。

我有一位相识许久的女友，原是个敢怒敢恨敢涕泪滂沱敢笑逐颜开的性情中人。几年不见，不知在哪里读了专为淑女规范言行的著作，同我谈话的时候，身子仄仄地欠着，双膝款款地屈着，嘴角勾勒成一个精致的角度。粗一看，你以为她时时在微笑，细一看你就捉摸不透她的真表情，心里不禁有些毛起来。你若在背后叫她，她是不会立刻回了脸来看你，而是端端地将身体转了过来，从容地瞄着你。说是骤然地回头，会使脖子上的肌肤提前老起来。

她是那样吝啬地使用她的表情，虽然她给你一个温馨的外壳，却没有丝毫的热度溢出来。我看着她，不由得想起儿时戴的大头娃娃面具。

遇到过一位哭哭啼啼的饭店服务员，说她一切按店方的要求去办，不想却被客人责难。那客人匆忙之中丢失了公文包，要她帮助寻找。客人焦急地述说着，她耐心地倾听着，正思谋着如何帮忙，客人竟勃然大怒了，吼着说我急得火烧眉毛，你竟然还在笑！你是在嘲笑我吗？！

我那一刻绝没有笑。服务员指天咒地对我说。

看她的眼神，我相信是真话。

那么，你当时做了怎样一个表情呢？我问。恍恍惚惚探到了一点头绪。

喏，我就是这样的……她侧过脸，把那刻的表情模拟给我。

那是一个职业女性训练有素的程式化的面庞，眉梢扬着，嘴角翘着……

无论我多么地同情于她，我还是要说——这是一张空洞漠然的笑脸。

服务员的脸已经被长期的工作，塑造成她自己也不能控制的形状。

表情肌不再表达人类的感情了。或者说，它们只表达一种感情，这就是微笑。

我们的生活中曾经排斥微笑，关于那个时代，我们已经做了结论。于是我们呼吁微笑，引进微笑，培育微笑，微笑就泛滥起来。银屏上著名和不著名的男女主持人无时无刻不在微笑，以至于使人不得不疑问——我们的生活中真有那么多值得微笑的事情吗？

微笑变得越来越商业化了。他对你微笑，并不表明他的善意，微笑只是金钱的等价物。他对你微笑，并不表明他的诚恳，微笑兴许只是恶战的前奏。他对你微笑，并不说明他想帮你，微笑只是一种谋略。他对你微笑，并不证明他对你的友谊，微笑只是麻痹你警惕的一重帐幕……

这样的事，见得太多之后，竟对微笑的本质怀疑起来。

亿万年的进化，我们的身体本身就成了一本书。

人的眉毛为什么要如此飞扬，轻松地直抵鬓角？那是因为此刻为鏖战的间隙，我们不必紧皱眉头思考，精神豁然舒展。

人的提上睑肌为什么要如此松弛，使眼裂缩小，眼神迷离，目光不再聚焦？那是因为面对朋友，可以放松警惕敞开心扉，懈怠自己紧张的神经，不必目光炯炯。

人的口角为什么上挑，不再抿成森然的一线？那是因为随时准备开启双唇，倾吐热情的话语，饮下甘甜的琼浆。

因为快乐和友情，从猿到人，演变出美妙动人的微笑，这是人类无与伦比的财富。笑容像一只模型，把我们脸上的肌肉像羊群一般驯化了，让它们按照微笑的规则排列着，随时以备我们心情的调遣。

假若不是服从心情的安排，只是表情肌机械的动作，那无异噩梦中腿肚子的抽筋，除了遗留久久的酸痛，与快乐是毫无关联的。

记得小时候读过大文豪雨果的《笑面人》。一个苦孩子被施了刑法，脸被固定成狂笑的模样。他痛苦不堪，因为他的任何表情，都只能使脸上狂笑的表情更为惨烈。

无时无刻不在笑——这是一种刑法。它使“笑”——这种人类最美丽、最优秀的表情，蜕变为一种酷刑。

现代自然是没有这种刑法了。但如果不表达自己的心愿，只是一味地微笑着，微笑像画皮一样黏附在我们的脸庞上，像破旧的门帘沉重地垂挂着，完全失掉了真诚善良的原始含义，那岂不是人类进化的大退步、大哀痛！

人类的表情肌，除了表达笑容，还用以表达愤怒、悲哀、思索、惆怅以至绝望。它就像天空中的七色彩虹，相辅相成。所有的表情都是完整的人生所必需的，是生命的元素。

我们既然具备了流泪本能，哀伤的时候，就听凭那些满含盐分的浊水淌出体外。血管偾张，目眦俱裂，不论是为红颜还是为功名，未必不是人生的大境界。额头没有一丝皱纹的美人，只怕血管里流动的都是冰。表情是心情的档案啊，如果永远只是一页空白的笑容，谁还愿把最重要的记录留在上面？

当然，我绝不是主张人人横眉冷对。经过漫长的隧道，我们终于笑起来了，这是一个大进步。但笑也是分阶段，也是有层次的。空洞而浅薄的笑，如同盲目的恨和无缘无故的悲哀一样，都是情感的赝品。

有一句话叫作“笑比哭好”，我常常怀疑它的确切。笑和哭都是人类的正常情绪反应，谁能说黛玉临终时的笑比哭好呢？

痛则大悲，喜则大笑，只要是从心底流出的对世界的真情感，都是生命之壁的摩崖石刻，经得起岁月风雨的推敲，值得我们久久珍爱。

生命是朴素的，它让女人
领略了旖旎的风光之后，
回归到原始的平静。

美是一种

态度，

无关年龄

素面朝天

我相信不化妆的微笑更纯洁而美好，我相信不化妆的目光更坦率而真诚，我相信不化妆的女人更有勇气直面人生。

素面朝天。

我在白纸上郑重写下这个题目。夫走过来说，你是要将一碗白皮面，对着天空吗?

我说有一位虢国夫人，就是杨贵妃的姐姐，她自恃美丽，见了唐明皇也不化妆，所以叫……

夫笑了，说，我知道，可是你并不美丽。

是的，我不美丽。但素面朝天并不是美丽女人的专利，而是所有女人都可以选择的一种生存方式。

看看我们周围。每一棵树、每一叶草、每一朵花，都不化妆。面对骄阳、面对暴雨、面对风雪，它们都本色而自然。它们会衰老和凋零，但衰老和凋零也是一种真实。作为万物灵长的人类，为何要将自己隐藏在脂粉和油彩的后面?

见过一位化过妆的女友洗面，红的水、黑的水蜿蜒而下，仿佛洪水冲刷过水土流失的山峦。那个真实的她，像在蛋壳里窒息得过久的鸡雏，渐渐苏醒过来。我觉得这个眉目清晰的女人，才是我真正的朋友。片刻前被颜色包裹的那个形象，是一个虚伪的陌生人。

脸，是我们与生俱来的证件。我的父母，凭着它辨认出一脉血缘的延续；我的丈夫，凭着它在茫茫人海中将我寻找；我的儿子，凭着它第一次铭记住了自己的母亲……每张脸，都是一本生命的图谱。连脸都不愿公开的人，便像捏着一份涂改过的证件，有了太多的秘密。所有的秘密都是有重量的。背着化过妆的脸走路的女人，便多了劳累，多了忧虑。

化妆可以使人年轻，无数广告喋喋不休地告诫我们。我认识的一位女郎，盛装出行，艳丽得如同一组霓虹灯。一次半夜里我为她传了一个电话，门开的一瞬间，我惊愕不止。惨亮的灯光下，她枯黄憔悴如同一册古老的线装书。“我不能不化妆。”她后来告诉我，“化妆如同吸烟，是有瘾的，我已经没有勇气面对不化妆的我。化妆最先是为了欺人，之后就成了自欺，我真羡慕你啊！”从此我对她充满同情。

我们都会衰老。我镇定地注视着我的年纪，犹如眺望远方一个渐渐逼近的白帆。为什么要掩饰这个现实呢？掩饰不单是徒劳，首先是一种软弱。自信并不与年龄成反比，就像自信并不与美丽成正比。勇气不是储存在脸庞里，而是掌握在自己手中。化妆品不过是一些高分子的化合物、一些水果的汁液和一些动物的油脂，它们同人类的自信与果敢实在是不相干的东西。犹如大厦需要钢筋铁骨来支撑，而绝非几根华而不实的竹竿。

常常觉得化了妆的女人犯了买椟还珠的错误。请看我的眼睛！浓墨勾勒的眼线在说。但栅栏似的假睫毛圈住的眼波，却暗淡犹疑。请注意我的口唇！樱桃红的唇膏在呼吁。但轮廓鲜明的唇内吐出的话语，却肤浅苍白……化妆以醒目的色彩强调以至强迫人们注意的部位，却往往是最软弱的所在。

磨砺内心比油饰外表要难得多，犹如水晶和玻璃的区别。

不拥有美丽的女人，并非也不拥有自信。美丽是一种天赋，自信却像树苗一样，可以播种，可以培植，可以蔚然成林，可以直到地老天荒。

我相信不化妆的微笑更纯洁而美好，我相信不化妆的目光更坦率而真诚，我相信不化妆的女人更有勇气直面人生。

假若不是为了工作，假若不是出于礼仪，我这一生，将永不化妆。

每一天都去播种

生命是单独的个体，无论怎样血肉交融，我们必须独自面临世界的风雨。只要你感到是为自己而生活，世界也许就会在眼中变一个样子。

朋友，当我看你的信的时候，是一个阴雨绵绵的早上。我仿佛听到你在远处悠长的叹息。我认识很多这样的女人，青春已永远驶离她们的驿站，只把白帆悬挂在她们肩头。在辛劳了一辈子之后，突然发现整个世界已不再需要自己。她们堕入空前的大失落，甚至怀疑自己生存的意义。

女人，你究竟为谁生活？

当我们幼小的时候，我们是为父母而活着的。我们亲昵的呼唤，我们乖巧的举动，我们帮母亲刷锅洗碗，我们优异的成绩给父亲带来欣喜……女孩以为这就是生存的意义。

当我们青春的时候，我们是为工作和知识而活着。我们读书，我们学习，我们在自己的岗位上努力地工作着，我们得各式各样的奖状……女人以为这就是生存的意义。

当我们和人类的另一半结合在一个屋檐下的时候，我们以为太阳会在每一个早上升起，风暴会被幸福隔绝在遥远的天际。我们以丈夫的事业为自己的事业，无私地贡献出自己的一切。遵循美德，妻子以为这就是生存的意义。

当我们有了自己的孩子以后，我们视孩子胜过自己的生命。在母亲和孩子的冲突中，女人是永远的弱者。在干渴中，只要有一口水，母亲一定会把它喂给孩子。在风寒中，只要有一件衣，母亲一定会披在孩子的身上……母亲以为孩子就是自己生存的意义。

终于，丈夫先我们而去，孩子已展翅飞翔。岗位上已有了更年轻的脸庞，整个世界已把我们遗忘。

这个时候，不管你有没有勇气问自己，你都必须重新回答：为谁而生存？

丈夫孩子事业……这些沉甸甸的谷穗里，都有女人的汗水，但它们毕竟不是女人自身。女人是属于自己的，暮年的女人，像秋天的一株白杨，抖去纷繁的绿叶，露出树干上智慧的眼睛，独自探索生命的意义。

生命对于每个人，都是上苍只有一次的馈赠。女人要格外珍惜生存的机遇，因为她们的一生更多艰难。我们是为了自己而活着，不是为其他的任何人。尽管我们曾经如此亲密，尽管我们说过不分离。

但生命是单独的个体，无论怎样血肉交融，我们必须独自面临世界的风雨。

女人要学会播种，即使是在一个没有收获的季节。女人太习惯以谷穗衡量是否丰收，殊不知有时播种就是一切。开心的钥匙不是挂在山崖上，就在我们伸手可及的地方。

只要你感到是为自己而生活，世界也许就会在眼中变一个样子。写文章，为什么一定要发表？自己对自己倾诉，会使心灵平和。练书法，为什么一定要展览？凝神屏气地书写，就是与天地古今的交融。教学生，为什么一定要到学校？做善事，为什么一定要别人知晓？

生命是朴素的，它让女人领略了旖旎的风光之后，回归到原始的平静。在这种对生命本质的探讨中，女人更深刻地认识自身的价值。

在生命所有的季节播种，喜悦存在于劳动的过程中。

行使拒绝权

拒绝的本质是一种丧失，它与温柔热烈的赞同相比，折射出冷峻的付出和掷地有声的清脆，更需要果决的判断和一往无前的勇气。

拒绝是一种权利，就像生存是一种权利。

古人说，有所不为才能有所为。这个“不为”，就是拒绝。

人们常常以为拒绝是一种迫不得已的防卫，殊不知它更是一种主动的选择。

纵观我们的一生，选择拒绝的机会，实在比选择赞成的机会，要多得多。因为生命对于我们只有一次，要用唯一的生命成就一种事业，就需在千百条道路中寻觅仅有的花径，我们确定了“一”，就拒绝了九百九十九。

拒绝如影随形，是我们一生不可拒绝的密友。

我们无时无刻不是生活在拒绝之中，它出现的频率，远较我们想象的频繁。

你穿起红色的衣服，就是拒绝了红色以外所有的衣服。

你今天上午选择了读书，就是拒绝了唱歌跳舞，拒绝了参观旅游，拒绝了与朋友的聊天，拒绝了和对手的谈判……拒绝了支配这段时间的其他种种可能。

你的午餐是馒头和炒菜，你的胃就等于庄严宣布同米饭、饺子、馅饼和各式各样的煲汤绝缘。无论你怎样逼迫它也是枉然，因为它容积有限。

你选择了律师这个职业，毫无疑问就等于拒绝了建筑师的头衔。也许一个世纪以前，同一块土地还可套种，精力过人的智慧者还可多方向出击，游刃有余。随着现代社会的发展，任何一行都需从业者的全力以赴，除非你天分极高，否则兼做的最大可能性，是在两条战线功败垂成。

你认定了一个男人或是一个女人为终身伴侣，就斩钉截铁地拒绝了这世上数以亿计的男人和女人。也许他们更坚毅更美丽，但拒绝就是取消，拒绝就是否决，拒绝使你一劳永逸，拒绝让你义无反顾，拒绝在给予你自由的同时，取缔了你更多的自由。拒绝是一条单航道，你开启了闸门，江河就奔腾而下，无法回头。

拒绝对我们如此重要，我们在拒绝中成长和奋进。如果你不会拒绝，你就无法成功地跨越生命。

拒绝的实质是一种否定性的选择。

拒绝的时候，我们往往显得过于匆忙。

我们在有可能从容拒绝的日子里，胆怯而迟疑地挥霍了光阴。我们推迟拒绝，我们惧怕拒绝。我们把拒绝比作困境中的背水一战，只要有一分可能，就鸵鸟式地缩进沙砾。殊不知当我们选择拒绝的时候，更应该冷静和周全，更应有充分的时间分析利弊与后果。拒绝应该是慎重思虑之后一枚成熟的浆果，而不是强行捋下的酸葡萄。

拒绝的本质是一种丧失，它与温柔热烈的赞同相比，折射出冷峻的付出和掷地有声的清脆，更需要果决的判断和一往无前的勇气。

你拒绝了金钱，就将毕生扼守清贫。

你拒绝了享乐，就将布衣素食天涯苦旅。

你拒绝了父母，就可能成为飘零的小舟，孤悬海外。

你拒绝了师长，就可能被逐出师门自生自灭。

你拒绝了一个强有力的男人的相助，他可能反目为仇，在你的征程上布下道道激流险滩。

你拒绝了一个神通广大的女人的青睐，她可能笑里藏刀，在你意想不到的瞬间刺得你遍体鳞伤。

你拒绝了上司，也许象征着与一个如花似锦的前程分道扬镳。

你拒绝了机遇，它永不再回头光顾你一眼，留下终生的遗憾任你咀嚼。

拒绝不像选择那样令人心情舒畅，它森严的外衣里裹着我们始料不及的风刀霜剑。像一种后劲很大的烈酒，在漫长的夜晚，使我们头痛目眩。

于是我们本能地惧怕拒绝。我们在无数应该说“不”的场合沉默。我们在理应拒绝的时刻延宕不觉。我们推迟拒绝的那一刻，梦想拒绝的冰冷体积，会随着时光的流逝逐渐缩小以至消失。

可惜这只是我们善良的愿望，真实的情境往往适得其反。我们之所以拒绝，是因为我们不得不拒绝。

不拒绝，那本该被拒绝的事物，就像菜花状的癌肿，蓬蓬勃勃地生长着、浸润着，侵袭我们的生命，一天比一天更加难以救治。

拒绝是苦的，然而那是一时之苦，阵痛之后便是安宁。

不拒绝是忍，心字上面一把刀。忍是有限度的，到了忍无可忍的那一刻，贻误的是时间，收获的是更大的痛苦与麻烦。

拒绝是对一个人胆魄和心智的考验。

拒绝是一门艺术。

拒绝也分阳刚派和阴柔派。

怒发冲冠是拒绝，浅吟低唱也是拒绝。义正词严是拒绝，顾左右而言他也是拒绝。声色俱厉是拒绝，低眉敛目也是拒绝。横刀跃马是拒绝，丝弦管竹也是拒绝。

只要心意决绝，无论何方舞台，都可演成拒绝的绝唱。

拒绝有时候需要借口。

借口是一层稀薄的帷幕。它更多表达的是一种善意一种心情，而同表面的含义无关。

借口悬挂于双方之间，使我们彼此听得见拒绝清脆的声音，看不见拒绝淡漠的表情，因此维持着最后的礼仪。

许多被拒绝的人，执着地追问借口的理由，以为驳倒了理由就挽救了拒绝。这实在是一种淡淡的愚蠢，理由是生长在拒绝这棵大树上取之不尽、用之不竭的叶子。如果你真的是想挽回拒绝，去给大树浇水吧。

在某种程度上，借口会销蚀拒绝的力度。它把人们的注意力牵扯到无关的细节，而忽略了坚硬的内核。就像过多的糖稀，会损坏牙齿的珐琅质。它混淆了拒绝真实凝重的本色，使原本简单的事物斑驳不清。

相较之下，我更喜欢那种干干净净没有任何赘物的斩钉截铁的拒绝，它像北方三九天的冰凌，有一种肝胆相照的晶莹和砰然断裂的爽快。不但是个人意志的伸张，而且是给予对方的信任和尊崇。

拒绝对女人来说，是终生必修的功课。

天下无数繁杂的道路，你只能走一条。你若是条条都走，那就等于在原地转圈子，俗称“鬼打墙”。

女人使用拒绝的频率格外高，是因为女人面对的诱惑格外多。

拒绝是女人贴身的软甲，拒绝是女人进攻的宝剑。

拒绝卑微，走向崇高。

拒绝不平，争取公道。

拒绝武断的蔑视和可恶的恩惠，凭自己的双手和头颅挺身立于性别之林。

不懂得拒绝的女人，如果不是无可救药的弱智，就是倚门卖笑的流莺。

因为拒绝，我们伤害一些人。这就像春风必将吹尽落红一样，有时是一种进行中的必然。如果我们始终不拒绝，我们就不会伤害别人，但是我们伤害了一个跟自己更亲密的人，那就是我们自身。

拒绝的味道，并不可口。当我们鼓起勇气拒绝以后，忧郁的惆怅伴随着我们，一种灵魂被挤压的感觉，久久挥之不去。

因为惧怕这种难以言说的感觉，我们有意无意地减少了拒绝。

在人生所有的决定里，拒绝是属于破坏而难以弥补的粉碎性行为。这一特质决定了我们在做出拒绝的时候，需要格外地镇定与慎重。

然而拒绝一旦做出，就像打破了的牛奶杯，再不会复原。它凝固在我们的脚步里，无论正确与否，都不必原地长久停留。

拒绝是没有过错的，该负责任的是我们在拒绝前做出的判断。

不必害怕拒绝，我们只需更周密的决断。

拒绝是一种删繁就简，拒绝是一种举重若轻。拒绝是一种大智若愚，拒绝是一种水落石出。

当利益像万花筒一般使你眼花缭乱之时，你会在混沌之中模糊了视线。尝试一下拒绝吧。

你依次拒绝那些自己最不喜欢的人和事，自己的真爱就像退潮时的礁岩，嶙峋地凸显出来，等待你的攀缘。

当你抱怨时间像被无数餐刀分割的蛋糕，再也找不到属于你自己的那朵奶油花时，尝试一下拒绝。

你把所有可做可不做的事拒绝掉，时间就像湿毛巾里的水，一滴一滴地拧出来了。

当你发现生活中蕴含着太多的苦恼，已经迫近一个人能够忍受的极限，情绪面临崩溃的边缘时，尝试一下拒绝吧。

你也许会发现，你以前不敢拒绝，是怕增添烦恼，但是恰恰相反，拒绝像一柄巨大的梳子，快速地理顺了杂乱无章的日子，使天空恢复明朗。

当你被陀螺般旋转的日子搅得耳鸣目眩，忘记了自己是从哪里来，要到哪里去的时候，尝试一下拒绝吧。

你会惊讶地发觉自己从复杂的包装中清醒，唤起久已枯萎的童心，感叹我们每一个人都是自然之子。

拒绝犹如断臂，带有旧情不再的痛楚。

拒绝犹如狂飙突进，孕育天马行空的独行。

拒绝有时是一首挽歌，回荡袅袅的哀伤。

拒绝更是破釜沉舟的勇气，一种直面淋漓鲜血惨淡人生的气概。

拒绝也不可太多啊。假如什么都拒绝，就从根本上拒绝了每个人只有一次的辉煌生命。

智慧地勇敢地行使拒绝权。

这是我们每个人与生俱来的权利，这是我们意志之舟劈风斩浪的白帆。

我的五样

我清晰地得知什么是我生命中的真爱——就是我手中的这支笔啊。它噗噗跳动着，击打着我的掌心，犹如我的另一颗心脏，推动我的一腔热血四肢百骸。

老师出了题目——写下“你生命中最宝贵的五样东西”，我拿着笔，面对一张白纸，周围一片静寂无声。万物好似微缩成超市货架上的物品，平铺直叙摆在那里，等待你的手挑选。货筐是那样小而致密，世上的林林总总，只有五样可以塞入。

也许是当过医生的缘故，片刻的斟酌之后，我本能地挥笔写下：空气、水、太阳……

这当然是不错的。你不可能设想在一个没有空气和水的星球上，滋长出如此斑斓多彩的生命。但我很快发现自己陷入了困境——如果继续按照医学的逻辑推下去，马上就该写下心脏和气管，它们对于生命之泵也是绝不可缺的零件。结果呢，我的小筐子立马就装满了，五项指标额度用尽。想想那答案的雏形将是：我生命中最宝贵的东西——空气、水、阳光、气管、心脏……哈！充满了科普意味。

如此写下去，恐有弊病。测验的功能，是辅导我们分辨出什么是自我生命中最重要的因子，以致面临人生的重大选择和丧失时，会比较地镇定从容，妥帖地排出轻重缓急。而我的答案，抽象粗放，大而化之，缺乏甄别和实用性。

改弦易辙。我决定在水、空气和阳光三要素之后，写下对我个人更为独特和生死攸关的因子。

于是，第四样——鲜花。

真有些不好意思啊。挂着露滴的鲜花，那样娇弱纤巧，似乎和庄严的题目开了一个玩笑。但我真是如此地挚爱它们，觉得它们美轮美奂，不可或缺。绚烂的有刺的鲜花，象征着生活的美好和无可回避的艰难，愿有一束火红的玫瑰，伴我到天涯。

写下鲜花之后，仅剩一样挑选的余地了。刹那间，无数声音充斥耳鼓，啰嗦地申述着自己的不可替代性，想在最后一分钟，挤进我珍贵的小筐。

偷着觑了一眼同学们的答案，不禁有些惶然。

有人写下“父母”。我顿觉自己的不孝。是啊，对我的生命来说，父母难道不是极为宝贵的因素吗？且不说没有他们哪来的我，单是一想到他们会先我而去，等待我的是生离死别，永无相见，心就极快地冰冷成坨。

有人写下“孩子”。我惴惴不安，甚至觉得自己负罪在身。那个幼小的生命，与我血脉相连，我怎能在关键的时刻，将他遗漏？

有人写下“爱人”。我便更惭愧了。说真的，在刚才的抉择过程中，几乎将他忘了。或许因为潜意识里，认为在未曾识得他之前，我的生命就已存许久。我们也曾有约，无论谁先走，剩下的那人都要一如既往地好好活着。既然当初不是同月同日生，将来也难得同月同日死，彼此已商定不是生命的必需，未进提名，也有几分理由吧？

正不知将手中的孤球，抛向何处，老师一句话救了我。她说，这生命中最宝贵的东西，不必从逻辑上思索推敲是否成立，只需是你情感上的真爱即可。

凝神再想。

略一顿挫之后，拟写“电脑”。因为基本上已不用笔写作，电脑便成了我密不可分的工作伴侣。落笔之际我凝思，电脑在此处，并不只是单纯的工具，当是一种象征，代表我挚爱的劳动和神圣的职责。很快又联想到电脑所受制约较多，比如停电或是病毒入侵，都会让我无所依傍。唯有朴素的笔，虽原始简陋，却可朝夕相伴、风雨兼程。

于是洁白的纸上，记下了我生命中最宝贵的五样东西——水、阳光、空气、鲜花和笔（未按笔画为序，排名不分先后）。

同学们嘻嘻笑着，彼此交换答案。看过之后，却都不作声了。我吃惊地发现，每人的物件，万千气象，绝不雷同，有些简直让人瞠目结舌。比如某男士的“足球”，某女士的“巧克力”，在我就大不以为然。但老师再三提示，不要以自己的观点去衡量他人，于是不露声色。

接下来，老师说，好吧，每个人在你写下的五样当中，划去相对不那么重要的一样，只剩下四样。

权衡之后，我在五样中的“鲜花”一栏旁边，打了一个小小的“×”字，表示在无奈的选择当中，将最先放弃清丽芬芳的它。

老师走过来看到了，说，不能只是在一旁做个小记号，放弃就意味着彻底的割舍。你必得用笔把它全部涂掉。

依法办了，将笔尖重重刺下。当鲜花被墨笔腰斩的那一刻，顿觉四周惨失颜色，犹如本世纪初叶的黑白默片。我拢拢头发咬咬牙，对自己说，与剩下的四样相比，带着奢侈和浪漫情调的鲜花，在重要性上毕竟逊了一筹，舍就舍了吧。虽然花香不再，所幸生命大致完整。

请将剩下的四类当中，再剔去一种，仅剩三样。老师的声音很平和，却带有一种不容商榷的断然压力。

我面对自己的纸，犯了难。阳光、水、空气和笔……删掉哪样是好，思忖片刻，提笔把“水”划去了，从医学知识上讲，没有了空气，人只能苟延残喘几分钟，没有了水，在若干小时内尚可坚持。两害相权取其轻吧。

也许女人真是水做的骨肉，“水”一被勾销，立觉喉咙苦涩，舌头肿痛，心也随之焦躁成灰，人好似成了金字塔里风干的长老。

我已经约略猜到了老师的程序，便有隐隐的痛楚弥漫开来。不断丧失的恐惧，化作乌云大兵压境。痛苦的抉择似一条苦难巷道，弯弯曲曲伸向远方。

果然，老师说，继续划去一样，只剩两样。

这时教室内变得很寂静，好似荒凉的冢。每个人都在冥思苦想举棋不定。我已顾不得探查他人的答案，面对着自己人生的白纸，愁肠百结。

笔、阳光、空气……何去何从？

刹那间好像有一双阴冷的鹰爪，丝丝入扣地扼住我的咽喉，手指发麻眼冒金星，心擂如鼓气息屏窒……

我曾在海拔五千多米的冰山上攀缘绝壁，缺氧的滋味撕心裂肺。

无论谁隔绝了空气，生命便飘然而逝，一切只能成为哲学意义上的讨论。

好了，现在再划去一样，只剩下最后一样。老师的音调很温和，但执着坚定充满决绝。对已是万般无奈之中的我们，此语一出，不啻惊雷。

教室内已经有轻轻的哭泣声。人啊，面临丧失，多么软弱苦楚。即使只是一种模拟，已使人肝肠寸断。

笔和阳光。它们在纸上誓不两立地注视着我，陷我于深重的两难。

留下太阳吧——心灵深处在反复呼唤。妩媚温暖明亮洁净，天地一派光明。玫瑰花会重新开放，空气和水将濡养而出，百禽鸣唱，欢歌笑语。曾经失去的一切，都会在不知不觉当中悄然归来。纵使除了阳光什么也没有，也可以在沙滩上直直地卧晒太阳哇。

想到这里，心的每一个犄角，都金光灿灿起来。

只是，我在哪里，在干什么？

我看到自己孤独的身影，在海边寂寞的椰子树下拉长缩短，百无聊赖。孤独地看日出日落，听潮涨潮消。

那生命的存在，于我还有怎样的意义？！我执着地仰起头来问天。

天无语。

自问至此，水落石出。我慢而稳定地拿起笔，将纸上的“太阳”

划掉了。

偌大一张纸，在反复勾勒的斑驳墨迹中，只残存下来一个固守的字——“笔”。

这种充满痛苦和抉择的测验，像一个渐渐缩窄的闸孔，将激越的水流凝聚成最后的能量，冲刷着我们的纷繁的取向。当那通道变得一夫当关，万夫莫开之时，生命的重中之重，就简洁而挺拔地凸立了。

感谢这一过程，让我清晰地得知什么是我生命中的真爱——就是我手中的这支笔啊。它噗噗跳动着，击打着我的掌心，犹如我的另一颗心脏，推动我的一腔热血四肢百骸。

突然发现周围万籁无声。人们在清醒的选择之后，明白了自己意志的支点，便像婴儿一般，单纯而明朗地宁静了。

我细心地收起这张白纸，一如珍藏一张既定的船票。知道了航向和终点，剩下的就是帆起桨落战胜风暴的努力了。

我羡慕你

> 不要计较何时年轻，何时年老。只要我们生存一天，青春的财富，就闪闪发光。

我是从哪一天开始老的？不知道。就像从夏到秋，人们只觉得天气一天一天凉了，却说不出秋天究竟是哪一天来到的。生命的“立秋”是从哪一个生日开始的？不知道。青年的年龄上限不断提高，我有时觉得那都是上了年纪的人玩出的花样，为掩饰自己的衰老，便总说别人年轻。

不管怎么样，我觉得自己老了。当别人问我年龄的时候，支支吾吾地反问一句：“您看我有多大了？”佯装的镇定当中，希望别人说出的数字要较我实际年龄稍小一些。倘人家说得过小了，又暗暗怀疑那人是否在成心奚落。我开始越来越多地照镜子。小说中常说年轻的姑娘们最爱照镜子，其实那是不正确的。年轻人不必照镜子，世人仰慕他们的目光就是镜子。真正开始细细端详自己的容貌的是青春将逝的人们。

于是我把所有的精力放在孩子身上。记得一个秋天的早晨，刚下夜班的我，强打精神，带着儿子去公园。儿子在铺满卵石的小路上走着。他踩着甬路旁镶着的花砖，一蹦一跳地向前跑，将我越甩越远。

“走中间的平路！”我大声地对他呼喊。“不！妈妈！我喜欢……”他头也不回地答道。

我蓦地站住了。这对话是那样熟悉。曾几何时，我也这样对自己的妈妈说过，我喜欢在不平坦的路上行走。这一切过去得多么快呀！从哪一天开始，我行动的步伐开始减慢，我越来越多地抱怨起路的不平了呢?

这是衰老确凿无疑的证据。岁月的长河不可逆转，我不会再年轻了。

“孩子，我羡慕你！”我吓一跳。这是实实在在的声音，从我身后传来，她说得很缓慢，好像我的大脑变成一块电视屏幕，任何人都能读出上面的字迹。

我转过身。身后是一位老年妇女。周围再没有其他人。这么说，是她羡慕我。我仔细打量着她，头发花白，衣着普通。但她有一种气质，虽说身材瘦小，却有一种令人仰视的感觉。我疑虑地看着她。我不知道自己有什么值得人羡慕的地方——一个工厂里刚下夜班满脸疲惫之色的女人。

“是的。我羡慕你的年纪——你们的年纪。”她用手指轻轻点了点，将远处我儿子越来越小的身影也括了进去。“我愿意用我所获得过的一切，来换你现在的年纪。”

我至今不知道她是谁，不知道她获得过的那一切，都是些什么。但我感谢她，让我看到了自己拥有的财富。我们常常过多地把眼睛注视着别人，而自己则在不知不觉中失落着最宝贵的东西。人的生命是一根链条，永远有比你年轻的孩子和比你年迈的老人。我们每个人都有自己的位置，它是一宗谁也掠夺不去的财宝。不要计较何时年轻，何时年老。只要我们生存一天，青春的财富，就闪闪发光。能够遮蔽它的光芒的暗夜只有一种，那就是你自以为已经衰老。

年轻的朋友们，不要去羡慕别人。要记住人们在羡慕我们！

旅行中我知道了人不可以骄傲，天地何其寂寥，峰峦何其高耸，海洋何其阔大。

Chapter_ 4

不走出去，

你会以为

这就是全世界

带上灵魂去旅行

无论你到哪里，都不可须臾离开，那就是——你可记得带上自己的灵魂？一次绝佳的旅行，自然是身体和灵魂高度协调一致，生死相依。

人的知识永远是不完备的，他无法知道一个地区或是一个时代，是否就是空间和时间的全部。在这个意义上讲，我们每个人都是井底之蛙，所不同的只是栖息的这口井的直径大小而已。每个人也都是可怜的夏虫，不可语冰，于是，我们天生需要旅行。生为夏虫是我们的宿命，但不是我们的过错。在夏虫短暂的生涯中，我们可以和命运做一个商量，尽可能地把这口井掘得口径大一些，把时间和地理的尺度拉得伸展一些。就算终于不可能看到冰，夏虫也力所能及地面对无瑕的水和渐渐刺骨的秋风，想象一下冰的透明清澈与痛彻心扉的寒冻。

旅行，首先是一场体能的马拉松，你需要提前做很多准备。依我片面的经验，旅行的要紧物件有三种。第一，当然是时间。人们常常以为旅行最重要的前提是钱，于是就把攒钱当成旅行的先决条件。其实，没有钱或是只有少量的钱，也可以旅行。关于这一点，只要你耐心搜集，就会找到很多省钱的秘籍。如果把一个人比作一辆车，驱动我们前行的汽油，并不是金钱，而是时间。这个道理极其简单，你的时间消耗完了，你任何事都干不成了，还奢谈什么呢？或者说，那时的旅行只有一个方向，就是地心了。

第二桩物件，是放下忧愁。忧愁是旅行的致命杀手，人无远虑，乃可出行。忧愁是有分量的，一两忧愁可以化作万朵秤砣，绊得你跌跌撞撞、鼻青脸肿。最常见的忧愁是来自这样的思维：把这笔旅游的钱省下来可以买多少斤米、多少缕菜，过多长时间丰衣足食的家常日子。将满足口腹之欲的时间当作计量单位，是曾经有用现在却不必坚守的习惯。很多中国人一遇到新奇又需要破费的事儿，马上把它折算成米面开销，用粮食做万变不离其宗的度量衡。积谷防饥是美德，可什么事都提到危及生命安全的高度来考虑，活着就成了负担。谁若一意孤行去旅行，就咒你将来基本的生存都要打折，食不果腹、衣不蔽体、流落街头……别怪我说得凄惶，如果你打算做一次比较破费的旅行，你一定会听这一类的谆谆告诫。迅即把诸事折合成大米的计算公式，来自温饱没有满足的农耕时代遗留下来的精神创伤。如果你一定要把所有的钱，都攒起来用于防患于未然，这是你的自由，别人无法干涉。可你要明白，身体的生理机能满足之后，就不必一味地再纠结于脏腑。总是由着身体自言自语地说那些饥饱的事儿，你就灭掉了自己去看世界的可能性，一辈子只能在肚子里画出的半径中度过。这样的人生，在温饱还没有解决的往昔，是不得已而为之，甚至可能成为能优先活下来的王牌。在今天，就有时过境迁过于迂腐之感了。

第三桩事儿，是活在身体的此时此刻。此话怎讲？当下身体不错，就可以出发，抬腿走就是，不必终日琢磨以后心力衰竭的呕血和罹患癌症的剧痛。我琢磨着自己还有能力挣出些许以后治病的费用，我相信国家的社会保障机制会越来越好。我捏捏自己的胳膊腿，觉得它们尚能禁得住摔打，目前爬高上低、风餐露宿不在话下。若我以后真是得了多少万人民币也医不好的重症，从容赴死就是了，临死前想想自己身手矫健、耳聪目明时，也曾有过一番随心所欲的游历，奄奄一息时的情绪，也许是自豪。

我是渐渐老迈的汽车，油料所剩已然不多。我要精打细算，小心翼翼地驱动它赶路。生命本是宇宙中的一瓣微薄的睡莲，终有偃旗息鼓闭合的那一天。在这之前，我一定要抓紧时间，去看看这四野无序的大地，去会一会英辈们残留下的伟绩和废墟。

终于决定迈开脚步了，很多人有个习惯，出远门之前，先拿出纸笔，把自己要带的东西都一一列出。旅游秘籍中，传授这种清单的俯拾皆是。到寒带，你要戴上皮手套雪地靴；到热带，你要带上防晒霜、太阳镜、驱蚊油。就算是不寒不热的福地，你也要带上手电筒、黄连素加上使领馆的电话号码……

所有这些，都十分必要。可有一样东西，无论你到哪里，都不可须臾离开，那就是——你可记得带上自己的灵魂？

据说古老的印第安人有个习惯，当他们的身体移动得太快的时候，会停下脚步，安营扎寨，耐心等待自己的灵魂前来追赶。有人说是三天一停，有人说是七天一停，总之，人不能一味地走下去，要驻扎在行程的空隙中，和灵魂会合。灵魂似乎是个身负重担或是手脚不利落的弱者，慢吞吞地经常掉队。你走得快了，他就跟不上趟。我觉得此说法最有意义的部分，是证明在旅行中，我们的身体和灵魂是不同步的，是分离分裂的。而一次绝佳的旅行，自然是身体和灵魂高度协调一致，生死相依。

好的旅行应该如同呼吸一样自然，旅行的本质是学习，而学习是人类的本能。身为医生，我知道人一生必得不断地学习。我不当医生了，这个习惯却如同得过天花，在心中留下斑驳的痕迹。旅行让我知道在我之前活过的那些人，他们可曾想到过什么做过什么。旅行也让我知道，在我没有降生的那些岁月，大自然盛大的恩典和严酷的惩罚。旅行中我知道了人不可以骄傲，天地何其寂寥，峰峦何其高耸，海洋何其阔大。旅行中我也知晓了死亡原不必悲伤，因为你其实并没有消失，只不过以另外的方式循环往复。

凡此种种，都不是单纯的身体移动就能够解决问题的，只能留给旅行中的灵魂来做完功课。出发时，悄声提醒，背囊里务必记得安放下你的灵魂。它轻到没有一丝分量，也不占一寸地方，但重要性远胜过 GPS。饥饿时是你的面包，危机时助你涉险过关。你欢歌笑语时，它也无声扮出欢颜。你捶胸顿足时，它也滴泪悲愤……灵魂就算不能像烛火一样照耀着我们的行程，起码也要同甘共苦地跟在后面，不离不弃，不能干三天停一天地磨洋工。否则，我们就是一具飘飘荡荡的躯壳在蹒跚，敲一敲，发出空洞的回音，仿佛千年前枯萎的胡杨。

精神的三间小屋

我们可以不美丽，但我们健康。我们可以不伟大，但我们庄严。我们可以不完满，但我们努力。我们可以不永恒，但我们真诚。

面对那句——人的心灵，应该比大地、海洋和天空都更为博大的名言，自惭形秽。我们难以拥有那样雄浑的襟怀，不知累积至那种广袤，需如何积攒每一粒泥土？每一朵浪花？每一朵云霓？

甚至那句恨不能人人皆知的中国古话——宰相肚里能撑船，也让我们在敬仰之余，不知所措。也许因为我们不过是小小的草民，

即便怀有效仿的渴望，也总是可望而不可即，便以位卑宽宥了自己。

两句关于人的心灵的描述，不约而同地使用了空间的概念。人的肢体活动，需要空间。人的心灵活动，也需要空间。那容心之所，该有怎样的面积和布置？

人们常常说，安居才能乐业。如今的城里人一见面，就问，你是住两居室还是三居室啊？……哦，两居室窄巴点，三居室虽说也不富余，也算小康了。

身体活动的空间是可以计量的，心灵活动的疆域，是否也有个基本达标的数值？

有一颗大心，才盛得下喜怒，输得出力量。于是，宜选月冷风清、竹木潇潇之处，为自己的精神修建三间小屋。

第一间，盛着我们的爱和恨。对父母的尊爱，对伴侣的情爱，对子女的疼爱，对朋友的关爱，对万物的慈爱，对生命的珍爱……对丑恶的仇恨，对污浊的厌烦，对虚伪的憎恶，对卑劣的蔑视……这些复杂对立的情感，林林总总，会将这间小屋挤得满满，间不容发。你的一生，经历过的所有悲欢离合喜怒哀乐，仿佛以木石制作的古老乐器，铺陈在精神小屋的几案上，一任岁月飘逝，在某一个金戈铁血之夜，它们会无师自通，与天地呼应，铮铮作响。假若爱比恨多，小屋就光明温暖，像一座金色池塘，有红色的鲤鱼游弋，那是你的大福气。假如恨比爱多，小屋就阴风惨惨，厉鬼出没，你的精神悲戚压抑，形销骨立。如果想重温祥和，就得净手焚香，洒扫庭院。销毁你的精神垃圾，重塑你的精神天花板，让一束圣洁的阳光，从天窗洒入。

无论一生遭受多少困厄欺诈，请依然相信人类的光明大于暗影。哪怕是只多一个百分点呢，也是希望永恒在前。所以，在布置我们的精神空间时，给爱留下足够的容量。

第二间小屋，盛放我们的事业。

一个人从二十五岁开始做工，直到六十岁退休，他要在工作岗位上度过整整三十五年的时光。按一日工作八小时，一周工作五天，每年就要为你的职业付出两千小时。倘若一直干到退休，那就是七万小时。在这个庞大的数字面前，相信大多数人都会始于惊骇终于沉思。假如你所从事的工作，是你的爱好，这七万小时，将是怎样快活和充满创意的时光！假如你不喜欢它，漫长的七万小时，足以让花容磨损、日月无光，每一天都如同穿着淋湿的衬衣，针芒在身。

我不晓得一下子就找对了行业的人，能占多大比例？从大多数人谈到工作时乏味麻木的表情推算，估计这样的幸运儿不多。不要轻觑了事业对精神的濡养或反之的腐蚀作用，它以深远的力度和广度，挟持着我们的精神，以成为它麾下持久的人质。

适合你的事业，白桦林不靠天赐，主要靠自我寻找。这不但因为相宜的事业，并非像雨后的菌子一样，俯拾即是，而且因为我们对自身的认识，也是抽丝剥茧，需要水落石出的流程。你很难预知，将在十八岁还是四十岁甚至更沧桑的时分，才真正触摸到倾心的爱好。当我们太年轻的时候，因为尚无法真正独立，受种种条件的制约，那附着在事业外壳上的金钱地位，或是其他显赫的光环，也许会灼晃了我们的眼睛。当我们有了足够的定力，将事业之外的赘生物一一剥除，露出它单纯可爱的本质时，可能已耗费半生。然费时弥久，精神的小屋，也定需住进你所爱好的事业。否则，鸠占鹊巢，李代桃僵，那屋内必是鸡飞狗跳，不得安宁。

我们的事业，是我们的田野。我们背负着它，播种着，耕耘着，收获着，欣喜地走向生命的远方。规划自己的事业生涯，使事业和人生，呈现缤纷和谐相得益彰的局面，是第二间精神小屋坚固优雅的要诀。

第三间，安放我们自身。

这好像是一个怪异的说法。我们自己的精神住所，不住着自己，又住着谁呢？

可它又确是我们常常犯下的重大失误——在我们的小屋里，住着所有我们认识的人，唯独没有我们自己。我们把自己的头脑，变成他人思想汽车驰骋的高速公路，却不给自己的思维留下一条细细羊肠小道。我们把自己的头脑，变成搜罗最新信息网络八面来风的集装箱，却不给自己的发现留下一个小小的储蓄盒。我们说出的话，无论声音多么嘹亮，都是别的喉咙嘟囔过的。我们发表的意见，无论多么周全，都是别的手指圈画过的。我们把世界万物保管得好好的，偏偏弄丢了开启自己的钥匙。在自己独居的房屋里，找不到自己曾经生存的证据。

如果真是那样，我们的精神小屋，不必等待地震和潮汐，在微风中就悄无声息地坍塌了。它纸糊的墙壁化为灰烬，白雪的顶棚变作泥泞，露水的地面成了沼泽，江米纸的窗棂破裂，露出惨淡而真实的世界。你的精神，孤独地在风雨中飘零。

三间小屋，说大不大，说小不小。非常世界，建立精神的栖息地，是智慧生灵的义务，每人都有如此的权利。我们可以不美丽，但我们健康。我们可以不伟大，但我们庄严。我们可以不完满，但我们努力。我们可以不永恒，但我们真诚。

当我们把自己的精神小屋建筑得美观结实、储物丰富之后，不妨扩大疆域，增修新舍，矗立我们的精神大厦，开拓我们的精神旷野。因为，精神的宇宙，是如此地辽阔啊。

没有一棵小草自惭形秽

草是卑微的，但卑微并非指向羞惭。在庄严的大树身旁，一棵微不足道的小草都可以毫不自惭形秽地生活着，何况我们万物灵长的人类！

被人邀请去看一棵树，一棵古老的树。大约有五千年的历史，已被唐朝的地震弯折了腰，半匍匐着，依然不倒，享受着人们尊敬的注视。

我混在人群中直着脖子虔诚地仰望着古树顶端稀疏的绿叶，一边想，人和树相比是多么的渺小啊。人生出来，肯定是比一粒树种要大很多倍，但人没法长得如树般伟岸。在树小的时候，人是很容易就把树枝包括树干折断，甚至把树连根拔起，树就结束了生命。就算是小树长成了大树，归宿也是被人伐了去，修成各种各样实用的物件。长得好的树，花纹美丽木质出众，也像美女一样，红颜薄命，被人劫掠的可能性更大，于是很多珍贵的树种濒临灭绝。在这一点上，树是不如人的。美女可以人造，树却是不可以人造的。

树比人活得长久，只要假以天年，人是绝对活不过一棵树的。树并不以此傲人，爷爷种下的树，照样以硕硕果实报答那人的孙子或是其他人的后代。

通常情况下，树是绝对不伤人的。即便如前几天报上所载一些村民在树下避雨，遭了雷击致死，那元凶也不是树，而是闪电，树也是受害者。人却是绝对伤树的，地球上森林数量的锐减就是明证，人成了树的天敌。

树比人坚忍。在人不能居住的地方，树却裸身生长着，不需要炉火或是空调的保护。树会帮助人的，在饥馑的时候，人扒过树的皮以充饥，我们却从未听到过树会扒下人的什么零件的传闻。

很多书籍记载过这棵古树，若是在树群里评选名人的话，这棵古树是一定名列前茅了。很多诗人词人咏颂过这棵古树，如果树把那些词句都当作叶子一般披挂起来，一定不堪重负。唐朝的地震不曾把它压倒，这些赞美会让它扑在地上。

树的寿命是如此地长久，居然看到过妲己那个朝代的事情。在我们死后很多年，这棵古树还会枝叶茂盛地生长着。一想到这一点，无边的嫉妒就转成深深的自卑。作为一个人活不了那么久远，伤感让我低下头来，于是我就看到了一棵小草，一棵长在古树之旁的小草。只有细长的两三片叶子，纤细得如同婴儿的睫毛。树叶缝隙的阳光打在草叶的几丝脉络上，再落到地上，阳光变得如绿纱一样飘浮了。

这样一株柔弱的小草，在这样一棵神圣的树底下，一定该俯首称臣毕恭毕敬了吧？我竭力想从小草身上找出低眉顺眼的谦卑，最后以失望告终。这棵不知名的小草，毫无疑问是非常渺小的。就寿命计算，假设一岁一枯荣，老树很可能见过小草五千辈以前的祖先。就体量计算，老树抵得过千百万小草集合而成的大军。就价值来说，人们千里万里路地赶了来，只为瞻仰老树，我敢肯定没有一个人是为了探望小草。

既然我作为一个人，就在古树面前自惭形秽了，小草你怎能不顶礼膜拜？我这样想着，就蹲下来看着小草。在这样一棵历史久远、声名卓著的古树身边为邻，你岂不要羞愧死了？

小草昂然立着，我向它吐了一口气，它就被吹得蜷曲了身子，但我气息一尽，它就像弹簧般伸展了叶脉，快乐地抖动着。我再吹一口，它还是在弯曲之后怡然挺立。我悲哀地发现，不停地吹下去，有我气绝倒地的一刻，小草却安然。

草是卑微的，但卑微并非指向羞惭。在庄严的大树身旁，一棵微不足道的小草都可以毫不自惭形秽地生活着，何况我们万物灵长的人类！

常常爱惜

爱惜常常发生。在我们不经意的时候，打湿眼帘。爱惜好比一只竹篮。随着人类的进步，它越编越大了，盛着人自身，盛着绿色，盛着地球上所有的物种，盛着天空和海洋。

拾起一穗遗落在秋天原野上的麦芒时，我们心中会涌起一种情感……

当水龙头正酝酿着滴落一颗椭圆形的水珠，一只手紧紧拧住闸门时，我们心中会涌起一种情感……

当凝望宝蓝的天空因为浓雾而浑浑噩噩时，我们心中会涌起一种情感……

当注视到一个正义的人无力捍卫自己的尊严，孤苦无助的时候，我们心中会涌起一种情感……

人类将这种痛而波动的感觉命名为——爱惜。

我们读这两个字的时候，通常要放低了声音，徐徐地从肺腑最柔软的孔腔吐出，怕惊碎了这薄而透明的温情。

爱惜的大前提是，爱。爱是人类一种最珍贵的体验，它发源于深刻的本能和绵绵的眷恋。爱先于任何其他情感，轻轻沁入婴儿小而玲珑的心灵。爱那给予生命的母亲，爱那清冷的空气和滑润的乳汁。爱温暖的太阳和柔和的抚爱，爱飞舞的光影和若隐若现的乐声……

爱惜的土壤是喜欢。当我们喜欢某种东西的时候，就期冀它的长久和广大，忧郁它的衰减和短暂。当我们对喜爱之物，怀有难以把握的忧虑时，吝啬是一个常会首选的对策。我们会俭省珍贵的资源，我们会珍爱不可重复的时光，我们会制造机会以期重享愉悦，我们会细水长流反复咀嚼快乐。

于是，爱惜就在不知不觉中发生了。

当我们爱惜的时候，保护的勇气和奋斗的果敢也同时滋生。真爱，需用生命护卫。真爱，就会义无反顾。没有保护的爱惜，是一朵无蕊鲜花，可以艳丽，却断无果实。没有爱惜的保护，是粗粝和逼人的威迫，是强权而不是心心相印。

爱惜常常发生。在我们不经意的时候，打湿眼帘。

爱惜好比一只竹篮。随着人类的进步，它越编越大了，盛着人自身，盛着绿色，盛着地球上所有的物种，盛着天空和海洋。

在印度河上游

你必得一个人和日月星辰对话，和江河湖海晤谈，和每一棵树握手，和每一株草耳鬓厮磨。你才会顿悟宇宙之大，生命之微，时间之贵，死亡之近。

三十年前，我在西藏当兵。在我们营区不远处，有一条大河，名叫狮泉河。第一眼看到狮泉河，瞬间被震撼。

它的河床不很宽，闲散地躺在布满红柳的沙砾滩上，好似大战后失了血有几分苍白的蟒蛇。它的河水也不很急，泛着细碎的鄰花，仿佛那受伤的蟒，正在呻吟着休养生息，以图再战。

使我惊讶的是它的纯粹，水

的一种至高无上的状态。当你看到一小支蒸馏水的时候，会惊讶它的透彻和洁净。看到一瓶蒸馏水的时候，会叹息它的清爽和工艺。当你注视着一条滚滚而来的大河，在傍晚和黎明探视它，排除阳光闪烁的金斑干扰，你如同与一条通体透明的龙对视。洞穿它每一个旋涡的脏腑，分辨出每一块卵石的纹路。那一刻，你会感到水的至清无瑕，是一种巨大的压迫与净化。

狮泉河水是高峰上万古不化的寒冰融化而成。那时候，还没有矿泉水太空水这样雅而商业的称呼，我们直呼它为冰川水。

在寒冷而不结冰的日子，狮泉河是温顺而峻削的，如一把银闪闪的藏刀，锋利地切割着高原峡谷，蜿蜒向远。我查了地图，知道它流经国界之后，就成了大名鼎鼎的印度河，最终汇入印度洋。

我不知道它为什么叫狮泉河。问过很多人，都说，顾名思义，可能是狮子像泉水一样地跑过来，或者是河水像狮子一样地跑过来吧？

不论谁像谁，那狮子一定有着雪白的长长的鬃毛，跑动起来，好似雪雾掠过山巅。它愤怒的时候，吼声会引发连绵的雪崩。

在高原上阳光最充沛的日子，我们接到赴狮泉河畔抗洪的通知。我看看天，天是那种雪域特有的毛蓝色，如同五四后革命女生新做的旗袍，干爽平整，没有一丝乌云。太阳把亿万金针，肆无忌惮地从高空镖射而下。我感到光芒从军装罩衣的缝隙刺进棉袄深处，使僵硬的老棉花里蕴藏的冷气，渐渐发酵酥胀。

这样的天，怎么会发洪水呢？瞎指挥吧？新兵的我，不知天高地厚地说。

老兵拎着铁锹，一路小跑说你那是平原的皇历。在高原，越是有太阳，越是发洪水。水是阳光的孩子！快走吧！

我这才豁然大悟。在阿里，通行一条特殊规律——如果连续出现几个晴空万里的日子，你要到狮泉河防洪。

古话说，水至清则无鱼。狮泉河的清，无与伦比。结冰时，水深丈余，洁净得连一个气泡都没有，好似一方横卧雪原的翡翠柱。河底的每一粒沙子泥土可以清楚数到，但它不可思议地有鱼，且多。狮泉河的鱼，头很大，脑子却很傻，把曲别针弯直，挂上一块羊肉，它就上钩了。可能因它固守了百万年的遗传密码里，从来没有被人下饵陷害的经验，所以不防。

当兵的人，洗被子是个大工程。除了费力，主要是缺乏工具。每人只有一个小脸盆，洗件军衣就爆满，泡沫横飞。若把被子塞进去，活似大象进了茶壶，涌得皂水四溢，泛滥成灾。我提议，单是洗，就在脸盆里凑合了。透水的时候，到狮泉河去。让河水这个天大的盆，把我们的军被冲刷一净。

我们的营地距狮泉河不过百余米，不一会儿就到了。当我们兴高采烈地把军被放到狮泉河里时，立即发现大失算。狮泉河绝不是一个温顺的女仆，它躁动着，在虚怀若谷水波不兴的表面下，掩藏着湍烈的暗流。军被一入水，瞬间被水流展开，好像一堵绿色堤坝，斜着立在水里，堵住了狂放不羁的冰川之水舒展的手臂。

我们用手揪着军被，指头感到了巨大的冲击力，好像拽着一只大风筝，随时都会凌空而去。河水愤怒地冲撞着巨帘，军被膨成可怕的弧形，好像暴风中就要绷裂的船帆。河水幸灾乐祸地激起旋涡，戏耍地兜着我们的军被绕圈子，好像那是它抽打的一只只翠绿陀螺。我们感到越来越大的吸引力，狮泉河在粗暴地邀请军被和它的主人，一道共赴水中央。

姑娘们，快松手！要不，会被卷进狮泉河的！远处有人看到了我们的危急，大声叫道。

我们置之不理。真是开玩笑！一松手，被子就被龙王借走了，今晚盖什么？此刻已完全不幻想狮泉河免费帮我们漂洗被子了，最要紧的是在急流中把军事财产抢救回来。于是拼命捏住仅剩在手中的被子角，好似那是网绳。被子像大鱼，不安分地甩动着。手被泡得发白，指甲因为用力和寒冷，已变得青紫，渐渐失去知觉。骨节因为负重和要命的扭转，已肿胀如镯。

眼看单凭手的力道，无法和内力深厚的河水抗衡。随着时间推移，手指渐酥，气力越来越淡，眼看就挽不住了，被角一丝丝地从指缝拔出，马上就会飘逸而去。不知谁喊了一句，“看我的！”眼瞧着她的被子像被施了魔法，嗖地就脱离了险境，朝岸上卷了去。我赶忙一眼瞟去，学习先进经验。原来那女孩跳进了岸边的浅水，把军被缠在了腰上。下半身水淋淋，但终于控制住了局势，狮泉河再猖獗，一时也卷不动百八十斤重的人，被子就虎口脱险了。

我们都忙不迭地照此办理，不一会儿，一一化险为夷。站在岸边，抱着被子，一任狮泉河水从被角和裤角流淌不息。

赶来援救的老兵们说，我们这些汉子，都不敢让狮泉河帮着洗衣服，知它暴烈无比。你们这些女娃啊，怎么比男人还懒！

我们把被子挽进脸盆，嘻嘻哈哈地往回走。刚开始所有的脚印都是湿的，且淋漓模糊，巨大无比。走过红柳滩，沙包舔走了一些水分，脚印就只剩下半截，好像一种奇怪的小兽在奔跑。大家都说，今天的被子洗得真干净！仔细端详，军被的绿色，已被激流抽打出一缕缕白痕。

狮泉河结冰，如梦如幻。

那是一日清晨，我们按照惯例，到狮泉河边出操。走着走着，就觉得异样。狮泉河寂静无声，好像已不复存在。平日的狮泉河大智若愚，也不好喧哗，但仍有一种男低音似的轻啸，在山谷中贴着巨石回荡。我们熟悉它，就像倾听高原的呼吸，此刻，怎么一夜之间就无端沉寂了呢？！

走到河边，大惊失色。狮泉河在骤然而至的严寒中，瞬间凝固。

高高的水浪腾到空中，卷起优美的弧度，僵硬如铁。周围簇拥着迸溅的水珠，若即若离，与主浪以极细的冰丝相连，好像逃婚的孤女最后回眸家园。狮泉河被酷寒在午夜杀死，然而它英勇地保持了奔腾的身姿，一如坚守到最后一分钟的勇士。它坚守了一条大河无往不胜的气概，只是已粉身碎骨了无声息。

我们被骇住了。无论从黄河长江还是更冷的东北来的兵，都说从未看见过这种奔腾中凝固的奇观。我怯怯地走过去，轻轻地抚摸着波浪。它冷硬尖锐，千姿百态的曲线，流畅无比，滑润若骨。浪尖绝非平日所见那般柔软，简直可说是很锋利的，如短剑一般直指前方，切割着严寒，触之锵然有声。不一会儿，手指就像五根中空钢管，把脏腑的热气偷漏给了冰浪。那朵汲走了我体温的浪花，姿容不改，只是花心沾了一点点雾气，显出晶莹的朦胧。

是的，平原上的人，难得有机会抚摸到如此坚实的浪花，它钢筋铁骨，铮铮作响。平日我们在海边探着手指，沾了一手水，自以为抚摸浪花的时候，浪花其实早已冷漠地却步抽身了。我们摸到它蜕下的壳，至多只能算是它的背影甚至残骸了。

狮泉河的支流，是一条条自雪山而下的小溪。在温暖的季节，它们匍匐在石缝里，并没有一定的河道，肆意流窜着，好像撒欢的野鼠。下乡巡回医疗的救护车，常常会陷到这样的水流里，前进不得，后退不得，引擎徒劳地轰鸣着，在山谷中发出空旷的回声。

姑娘们，你们到远处的岸上歇着吧。同行的老医生边挽着袖子边向我们挥手说。看来得下水推车了。

我们不走。为什么要赶我们走呢？多一个人不是多一份力量吗？我们不解，也跟着挽袖子。

狮泉河是不喜欢女人的。所以，你们必须得走。老医生不容置疑地命令。

没办法啊，当兵就是这个样子，每个老兵都好像是你的再生父母，你必得服从。

我们几个女孩，愤愤地向远处走去。脚都酸了，认为足够远了（高原是很容易疲乏的），刚要停下来，一直用眼光监视我们的老医生，大声喊，不行，太近了。还得走。走得越远越好！

我们只好沿着小溪向上游走去，走几步，停一停，直到老医生不再用声音的鞭子驱赶我们。这时回过头去，只见人已小得像苍穹下的一颗绿豆。

他们怎么推车呢？我们呆呆地看着流动的河水，天渐渐地黑下来，河水变得更加冷蓝了。

喔，原来男人们是把衣服脱了，下河推车……我们几个女孩，谁也不再说话，只是把手伸进黄昏的河水，感受到手指的麻木。一寸寸地从指甲向胳膊根处蔓延，以这种愚蠢的行为，和战友同甘共苦。也许，我们的体温，会使冰冷的狮泉河水提高一点温度，当它流到下方的时候，会使推车的人，少受些微的寒冷？

我在西藏阿里军分区工作了十一年，狮泉河流经我的整个青年时代，它清澈澄净，洗涤着我的灵魂。

在这个物欲喧嚣的世界上，我怀念那种单纯的水。单纯而有力量，是很高的境界。复杂常常使人望而生畏，很多种因素混合在一起，叫人摸不着底细，以浑浊佯作高深。我不知道狮泉河是不是世界上海拔最高的河，但我想它的透明和宁静，该是在地球上名列前茅的。我默默地站在它的一侧，凝视着它的时候，我会感到一种伟大的包容和冲决一切的勇气。

人的精神是从哪里来的？我以为很大一部分，甚至关键性的启示，是从大自然而来。人在年轻的时候，能够和自然如此贴近，远离城市，孤独地走进自然的怀抱，你会在一个大的恐怖之后，感到大的欣慰。你会感到一种力量，从你脚下的大地和你头上的天空，从你身边的每一棵草和每一滴水，涌进你的头发、睫毛、关节和口唇……你就强壮和智慧起来。

读书也会使我们接触这些道理，但是我们记不住它。大自然是温和而权威的老师，它羚羊挂角不露声色地把伟大的关于生命和宇宙的真理，灌输给我们。

你在城市里，有形形色色的传媒，有四通八达的因特网，有权威的红头文件和名不见经传的小道消息，摩肩接踵，你几乎以为你无所不能，你了解整个世界。但是，且慢！在人群中，你可能了解地球，但你永远无法真正逼近——什么是宇宙？——这样终极的拷问。

你必得一个人和日月星辰对话，和江河湖海晤谈，和每一棵树握手，和每一株草耳鬓厮磨。你才会顿悟宇宙之大，生命之微，时间之贵，死亡之近。

我以为在很年轻的时候，有机缘迫近这番道理，是一大幸运。你可以比较地眼界开远，比较地心胸阔大，比较地不拘一格，比较地宠辱不惊。

人是自然之子。无论上山下乡在历史上作如何评价，它把无数城市青年驱赶放逐到自然与社会的最原始状态，使这些人在饱尝痛苦的同时，深刻地感受到了自然的博大与森严。

喜马拉雅山不能炸通

自然界的喜马拉雅山是不能炸通的，但人心的喜马拉雅，可否有习习的风持久地吹拂？

电影《不见不散》中葛优说：“这是喜马拉雅山脉，这是中国的青藏高原，这是尼泊尔。山脉的南坡缓缓地伸向印度洋，受印度洋暖湿气流的影响，尼泊尔王国气候湿润，四季如春。而山脉的北麓陡升，终年积雪，再加上深陷大陆的中部，远离太平洋，所以自然气候十分恶劣。”

徐帆说：“你这又扯哪去了？”

葛优说：“如果我们把喜马拉雅山炸开一道五十公里的口子，世界屋脊还留着，把印度洋的暖风引到我们这里来，试想一想，那我们美丽青藏高原从此摘掉落后的帽子不算，还得变出多少个鱼米之乡！”

人们把这段谈话，当作幽默。不过，当你在天空飞跃，清晰地认识到喜马拉雅山这座屏障，将山的南麓和北麓分割成完全不同的世界时，炸开喜马拉雅山的念头就会蠢蠢欲动。

印度洋的暖湿气团生成后，在西南季风的吹动下，向北面推动时，高耸的喜马拉雅山成了极难逾越的天然屏障。

急于北进的暖湿气团不甘心，四处游动，终于找到一个豁口，那就是——雅鲁藏布大峡谷的尾口。

暖湿气团蜂拥而入，可惜在进入蜿蜒曲折的大峡谷之后，逐渐失去它所向披靡的势头。水汽通道在顺手造就了藏东南的绿洲之后，后劲松懈，还没走到藏北就偃旗息鼓了。

如果真能炸出一个大口子，使得这条通道输送的水汽更多、更畅快，减少途中的损失，不是就有可能改变西藏的气候吗？更多的暖湿气流长驱直入，进入藏西北，青藏高原会变作江南。

科学家们模拟了有关实验，结果是否定的。就算炸开五十公里的口子，在最佳气候条件下，中国三江源地区，降水增加只有20% ~ 25%。

退一万步讲，就算真的计划要炸喜马拉雅山，如何才能顺利完成这个任务呢？依靠炸药手榴弹地雷什么的常规技术，绝无可能。用原子弹吗？核武器目前还没有用于开山凿洞的记录。

要知道，喜马拉雅山脉有如庞然大物坚不可摧，主峰珠穆朗玛一半在尼泊尔境内。哪怕是咱炸自己这一侧，也要得到尼泊尔，甚至更多国家的同意。核武器将严重破坏环境。邻国也不能答应啊。

如此说来，把喜马拉雅山炸个洞，改变雅鲁藏布江中、下游干旱及沙漠化严重局面，实际上只是一个科学幻想。如果真把喜马拉雅山炸通了，破坏了原有的生态平衡，不知会发生怎样的变局，很可能是灾难。自然界自有规律，人类不可妄动。

在尼泊尔，结识了一位精明强干的小伙子。到过中国，会说中文，爱笑爱思索。

我说，你觉得中国和尼泊尔有什么不同。

他说，中国很大，尼泊尔很小。中国现在有了很大的发展，尼泊尔呢，还比较落后。

我说，你说得很好，不过，咱们就不讲这些政治经济的情况，单说说感觉上有什么不同？

他笑了，露出极为整齐和雪白的牙，说，是节奏啊。尼泊尔节奏很慢很慢，几千年我们就一直是这样的节奏，尼泊尔人都习惯了。中国的节奏现在很快，而且越来越快。我的朋友从中国来，说一下子不习惯尼泊尔这种慢节奏，但是几天过去，静静待下来，就觉得这种节奏很舒服，适合人的身体，还有大自然。您看，凡是自然的东西，都是缓慢的。太阳一点点升起，一点点落下。花一朵朵地开，一瓣瓣地落下。稻谷成熟，菩提树变老。都慢得很啊。那些急骤发生的自然变化，多是灾难。比如火山喷发，比如飓风和暴雨，比如山崩地裂加上海啸……身体也是慢的。一个孩子要长大，是很慢的。一个人睡觉，也是很慢的，要很久很久，从日落到日出，人才能休息过来……

还有呢？我问。

他认真地想了一下，说，是耐心啊。是脾气啊。中国的人，现在情绪上都比较紧张，不耐烦。尼泊尔人基本上不发脾气，慢慢来，就算有很严重的事儿，也不着急。

不知道再问什么，我也学尼泊尔人，只是微笑和无所事事地张望。

自然界的喜马拉雅山是不能炸通的，但人心的喜马拉雅，可否有习习的风持久地吹拂？

爱是全身心地投入与契合，在这种人类无与伦比的亲密关系中，容不得丝毫的虚伪与欺骗。

Chapter_ 5

爱的双人舞，

知进退

才相宜

修补爱情

爱情是我们一生中最需精心保养的器皿，它具备可资修补的一切要素。爱是珍贵的，爱是久远的，爱是有历史的，爱是渗透了情感的，爱是无价之宝。

东西用得久了，便会磨损。小到一双鞋子，大到整个天空。于是诞生了修补这个行当。从业人员从街头古朴的老鞋匠，到谁都未曾谋面的一位叫作女娲的神仙。

只有珍贵的东西，才需要修补。我们不会修补一次性的筷子和菲薄的面巾纸，但若损坏的是一双象牙筷子和一幅名贵字画，又是家传的珍宝和友人的馈赠，那就大不一样了。你会焦灼地打探哪里有技艺高超的工匠，为了让它们最大限度地恢复原貌，不惜殚精竭虑。

我们修补，是因为我们怀有深情。在那破损的物件的皱褶里，掩藏着岁月的经纬和激情的图案。那是情感之手留下的独一无二的指纹，只属于特定的人和特定的刹那。

考古人员修复文物，所费的精力，绝对大于再造一件新品。

比如一个陶罐，掉了耳朵，破了边沿，漏了帮底，假若它是新出厂的，肯定扔在垃圾箱里，但在修复者眼里，它们是不可替代的唯一。于是绞尽脑汁，将它复原到美轮美奂。陶罐里盛着凝固的历史和永恒的时间。

修补是一个工程，需要大耐心、大勇气、大智慧。耐心是为了对付那旷日持久的精雕细刻，勇气是为了在漫长的修复过程中，坚定自己的信念和抵御他人的不屑。智慧是为了使原先的破损处，变得更加牢靠而美观。

人们常常担心修补过的器物，是否还有价值。也许在外观上会遗有痕迹，但在内在品质上，修补处该更具有强韧的优势。听一位师傅说，锔过的碗，假如再摔于地，哪怕别处都碎成指甲盖大的碗碴，但被锔钉箍过的瓷片，依旧牢牢地拢在一起。

爱情是我们一生中最需精心保养的器皿，它具备可资修补的一切要素。爱是珍贵的，爱是久远的，爱是有历史的，爱是渗透了情感的，爱是无价之宝。

爱情的修理工，不能假手他人，只能是我们自己。当我们签下爱情契约的时候，也随手填写了它的保修单。我们既是爱情的制造者，也是它的使用者和维修者。这种三合一的身份，使人自豪幸福，也使人尴尬操劳。爱情系统一旦出了故障，我们无法怨天尤人，只有痛定思痛地查找短路，更换原件，改善各种环境和条件……

古书上说，假如宝玉有了裂纹，可用锦缎包裹，肌肤相亲，昼夜不离身，如此三年。那美玉得了人的体温滋养，就会渐渐弥合，直至天衣无缝，成为人间至宝。

不知这法子补玉是否灵验？若以此法修补爱情，将它放进两颗胸膛，以血脉灌溉，以精神哺育，以意志坚持，以柔情陶冶，它定会枯木逢春，重新郁郁葱葱。

爱最怕什么

真诚是爱的风向标，当一对相爱的人，不再坦诚相见、直抒胸臆，爱的台风球就亮起来了。

写过一篇“爱怕什么”，朋友又要我写一篇“爱最怕什么”，好像原本同时撒种育了一畦小白菜，突然接到命令，要从中挖出最大的一棵，不由得犯了踌躇。赶紧把自己的文字重温了一遍（说来惭愧，以前怎么写的，已记不周全）。

若已在那篇短文中说过了爱最怕什么，现在要做的事就是咬紧牙关坚持初衷，不可出尔反尔。可惜，没有。在那厢，我掰着手指头列举了若干项爱所害怕的事物，遗憾，始终没有说过一个“最”字。

只有现撰了。

我想，爱最怕的是“不真诚”。当然，我们首先要肯定，这个“爱”是真的，不是假的，也不是半真半假的。这是一个大前提。没有这个大前提，一切将无从讨论。假的爱，不是爱，是情感的盘剥和诈骗。

与万事相比，爱是极其需要真诚的一件事情。不单是从道德从伦理的角度来讲爱需要真诚，即使单纯从技术的角度来说，真诚的重要性也首当其冲。

爱是全身心地投入与契合，在这种人类无与伦比的亲密关系中，容不得丝毫的虚伪与欺骗。哪怕再高明的演员，也无法在如此近距离的耳鬓厮磨中，将真相掩盖得风雨如磐。一个眼神、一个手势、一声叹息、一个背影……都是上好的奸细，可以把爱与不爱的信息，通通出卖给对方。更不消说，沉溺爱河中的人，如同长了顺风耳通天眼，还有神鬼莫测的第六感为虎作伥……所以，爱是一场独特的双人考试，考试中不容作弊。你可以看对方的卷子，但自己的卷子要自己答。爱就是爱，不爱就是不爱。爱是最需要实话实说的。不爱了还强装爱，爱着却要强作不爱，都是人间的大辛苦、大困难之事。难为了自己，伤害了对方，机关算尽，又很难达到目的。现代人，你何苦做这般赔本的勾当！

当爱不存在的时候，唯有真诚，是尊严和力量最后的栖息地。有人以为伪装的爱，是一剂情感的白药创可贴，虽说解决不了根本的问题，但尚可暂时止血止痛。殊不知，它是爱情的浓硫酸，不但彻底毁了爱的容，更是对他人凶狠的侵犯。

当真诚被动摇的时候，爱将无所附丽。培养爱情从练习真诚开始。保养爱情从维系真诚着手。真诚是爱的风向标，当一对相爱的人，不再坦诚相见、直抒胸臆，爱的台风球就亮起来了。

人们常常以为爱中的人，格外脆弱，其实不然。无论真实坏到怎样凶险的程度，只要有清醒的脑和灵巧的手，我们就有办法。单单损失了爱，还不是最凄惨的事情。如果在失去爱的同时，你还失去了对世界和人心真实的把握，才是更悲苦的事情。盲人瞎马，夜临深渊，便成了情感和智慧的双料赤贫。

我不敢说有了真诚就一定有爱情，但我敢说没有了真诚就一定丢掉了爱情。从这个意义上讲，爱惜真诚吧，它是我们爱的保单。

Love

幸福的镜片

好的家庭是会变形的镜片，能发生奇妙的折射。放大欢乐，缩小痛苦，这就是幸福家庭的奇妙镜片功能。

现今家庭，有些简直成了情绪火葬场。一位女友说，先生在外面笑眯眯，人都赞脾气好，可回到家里，满脸晦气，令人沮丧。女友恼火地抗议，你不要金玉其外，轮到自家人时，却像八大山人笔下的鱼鹰，白眼球多，黑眼球少。先生立即反驳道，人又不是仪器，不可能总调整在最佳状态。发愁的时候，懊恼的时候，垂头丧气的时候，你让我到哪里撒火？和领导吵吗？不敢抗上。和同事争吗？来日方长，得罪不起。在公共汽车上和不相干的人口角吗？人家招你惹你了？那不是伤及无辜，太不“五讲四美”了吗？女友说，我是你亲人，却经常看你黑脸，你这不是残害忠良吗？先生说，家是最隐蔽、最放松的场所，一个人若是在家里都不能扒下面具，赤裸裸做人，那才是大悲哀。我阴沉着脸，并非对你恶意，只是情绪病了。你装聋作哑好了，不必同我一般见识。有什么不中听的话，并非针对你，只是宣泄自己的郁闷。如果你爱我，就请原谅我的种种真实……

女友困惑地说，人怎么能把家庭当作消化情绪的垃圾场？这样下去，谈何幸福？！

我倒以为幸福的家庭，不妨成为回收情绪垃圾的炼炉。将成员的种种不快以至愤慨、忧愁、苦恼、悲凉……都虚怀若谷地包容下来，然后紧闭炉门，不再泄漏。让那炉中真火慢慢熬炼，直到怨气焚化成白色无害的灰烬，如烟散去，不见踪影。

这事说起来简单，实施的时候，却很易失控。人在家居，心不设防，就像没打过麻疹疫苗的小儿，对情绪缺少抵抗力。一旦心境恶劣，极易传染他人。又因至爱亲朋，血脉相通，结果一人发火，污染全体，大家受难。很多原本是外界的小风波，最后演变成家庭的全武行。

好的家庭要有丝网般的过滤功能。快乐的幸福的消息，如高屋建瓴，肥水快流，多拉快跑，让佳音火速进入所有成员的耳鼓。忧郁的不幸的消息，只要不关急务，便遮掩它，蹒跚它，让时间冲刷它的苦涩，让风霜漂白它触目惊心的严酷。

好的家庭是会变形的镜片，能发生奇妙的折射。凸透使视物变大，凹透让东西变小。如果是愉快的源泉，哪怕只是夫妻间的一个手势，孩子捧出的一杯清水，远方朋友的一个问候，陌生人的一个祝福……都应透过放大镜，使它纤毫毕现，华光四射。让一朵杜鹃，蔓延出一片火红的山谷。让一个口哨，轰响成一部辉煌的乐章。从一片面包，憧憬出今后日子的和美丰足。携一缕春风，扩展成融融暖意，铺满整个家庭空间。

如果是苦难和灾异，比如亲朋远逝，祸起萧墙，泰山压顶，骤雨狂风……降临的种种天灾人祸，经了家庭镜片的折射，都应竭力缩小它的规模——淡化压力的强度，软化尖锐的硬度，衰减振荡的烈度，压缩波及的范围，控制哀痛的伤害，截短作用的时间……让家人在家的庇护下，惊魂甫定，休养生息，疗治创口，积聚新力，重新鼓起生活的勇气。

这是否澳洲鸵鸟的战术，一厢情愿？我想明晰的镜片和浑黄的沙砾有原则区别。无论喜讯还是噩耗，通过家庭镜片的折射，它们未曾消失，依然存在，改变的只是外界事物作用于我们的感觉。

放大欢乐，缩小痛苦，这就是幸福家庭的奇妙镜片功能。

婚姻断想

在婚姻中，有很多未知的领域需要探索和研究，任重而道远。婚姻教育极为重要，需未雨绸缪，从尚未走进婚姻的年轻人抓起，才可事半功倍。

“婚姻”两个字，很有趣。右边是表声的字符：“昏”和“因”，左边都是“女”字旁。我们的古人造字是很讲究的，为什么对于所有人都同等重要的一件事，不是用“人”字旁呢？也许他们把深意蕴含其中——婚姻对女人来说，有更加密切的关系。所以，这个有关婚姻的研究机构，设在妇联，是很有根据和远见的。

一位心理学家说过——婚姻关系是人类所有关系中，最为亲密和最为紧密的关系……我初次听到此话，先是惊奇，然后有些不以为然。我想，母子关系、父子关系，甚至祖孙关系，难道不是更为亲密和紧密的关系吗？我们不是都有这样的经验，母亲的怀抱和父亲的臂膀，是我们永久依傍的港湾？！

那位心理学家接着说，爱一个和自己有血缘关系的个体，这在某些动物，完全可以做到，近乎是一种本能。比如一只母鹿在饿狮袭来的时候，宁愿牺牲自己，也要保护仔鹿的生命……动物界重复过无数次这般可歌可泣的场景，想来谁都不会怀疑的。但是爱一个和自己没有丝毫血缘关系的个体，直至结成相濡以沫、生死相依的关系，这只在人类社会中才存在。

它在习俗和法律上被称为——婚姻。因此，婚姻是一个创举，是一种进化，是一门艺术，在它中间，包藏着人类所有品质和关系的总和。它的基础应该是爱。

婚姻实质上是一个中性的词。也就是说，它可以分为好的婚姻和不好的婚姻。高贵与卑鄙、真诚与虚伪、宽宥与刻薄、奉献与索取、提携与拖累、升华与堕落……凡此种种人类精神世界的状态，都可以在婚姻中找到它们的模型。试想一下，两个性别、背景、教养、性格、职业、爱好等都不同的人，走到一间屋檐下，四目相对朝夕以共，那确是一种肝胆相照“图穷匕首见”的赤裸裸的真实。矛盾终将暴露，摩擦必然产生，理解和退让是润滑油，共勉和并进是婚姻的理想状态。在婚姻中，人们将被迫学习交流和谅解，在这种缩小了的世界中，模拟整个人生的风云。

研究婚姻是一个大题目，尤其是对准备走进婚姻的青年人来说，更应该是必修课。但在现实中，却是一个相对薄弱环节。中国的古话说，男大当婚，女大当嫁。好像只要年纪到了，去婚嫁就是了，至于婚嫁之后的事，男女青年自会料理。在我们的文化中，把对于婚姻的了解和把握，看成一种瓜熟蒂落水到渠成的事情。只要岁数到了，自然无师自通。这种看法，带有原始社会的遗风，把婚姻的内核几乎等同于性的本能。但是人类进化到了今天，婚姻关系绝不仅仅是性的结合，而远远有了更为深邃宽广的内容。如果说，单纯的生理机能还可待自然法则来开启，但是婚姻的社会性，却是必须学习才能掌握。可惜我们的学校里，从中学到大学，是不许谈恋爱的。既然连前奏都在禁止之列，那么主题就更是不登大雅之堂了。这就出现了一个悖论——我们期待着更多的高质量的婚姻，但是即将走入婚姻家庭的成员，却是对此重大事件云山雾罩不甚了了……他们和她们，或者是道听途说半遮半掩地自学成才，或者是两眼一抹黑仓促上阵，或者是花拳绣腿知其一不知其二更不知其三。更可怕的是有些人自以为掌握了驭妻驭夫的婚姻秘诀，其实是以讹传讹的腐朽观念……这种婚姻的愚民政策，导致了很多惨淡经营、得过且过的低质量婚姻。无知导致了很多悲剧上演。由此可见婚姻教育极为重要，需未雨绸缪，从尚未走进婚姻的年轻人抓起，才可事半功倍。

这正是婚姻研究机构的使命和责任。

每一个孩子都是从小处在父母的某种婚姻状态之中的。他们不但是这种关系的目击者、承受者，而且还是学习者和传递者。所以，我们常常听到这样的故事：一个从小生活在离异家庭中的孩子，长大了，非常渴望真情和幸福。但是，当他走进婚姻之后，如同中了魔法，竟然亦步亦趋地重复了父母失败的婚姻，他不乏勇气和追求，屡战屡败，然而终是重蹈覆辙，难以自拔。我们在唏嘘这种人间悲剧的背后，也不由得深深地反思——某些失败婚姻的模式，也同某种病症一般，具有传染和遗传的特质吗？

在婚姻中，有很多未知的领域需要探索和研究，任重而道远。

当一个新世纪来临的时候，人们常常许下许多愿望。愿家庭都快乐幸福，是全世界所有踏进和准备踏进婚姻的人的共同期望。让我们为这个理想而努力。

一见钟情 还是按图索骥

爱情开始的时候，我们的体内发生了怎样的化学变化，这是科学家们至今尚未得出答案的悬疑。

我收到出版社寄来的一封厚厚的特快专递，签了名，撕开信封，才发现淡蓝色的特快专递信封里面，还藏着另外一封特快专递。

我先看的是出版社的信函。他们说：毕老师，这是一位读者的来信，写明了是转给您的，我们就没有打开，不知是何内容。我们虽然用的是最快的速度，辗转中恐怕也耽误了时间，请您原谅……

我常常收到读者来信，但用双重特快专递发来的信，实不多见。不知这封信里写的是什么，我很好奇。

以下是这封信的内容。

尊敬的毕老师：

我不知道这封信能不能到达您的手中。我在街上买过您的书，看了以后，觉得自己的故事比您书中所写到的所有的故事都要更精彩。我很想给您写一封信，可是我不知道您的地址，就算是知道了，我想，您可能常常收到很多读者来信，也许看也不看就送到字纸篓儿里了（但愿我这是以小人之心，度君子之腹）。即便您有时会看看信，但我的信混迹其中，您很可能就忽略掉了。我决心采取一个其他的方式让您读到我的信，这样我就写了一封信给您的那本书的责任编辑，很恳切地求她把我的信转给您。我相信当您看到这些文字的时候，我的信已经成功地转送到您手中了。

其实，我想问您的问题很简单，这就是——世界上到底有没有一见钟情这种东西呢？如果有，它是不是最美好的爱情？如果一个人得不到一见钟情，是不是人生就不够完满呢？比如灰姑娘和王子的爱情，肯定是一见钟情的，还有西厢记、牡丹亭什么的，都是这种类型的，才成了千古绝唱。

好了，不说别人的事和古人外国人的事了，说我自己的事。

我是一个很美丽的女孩，可惜我不愿让您在大马路上把我认出来，否则的话，我应该把自己的照片寄一张给您，这样您就不会暗自笑话我是自恋或是吹牛了。我的外形真的很不错，几乎称得上是“国色天香”了。其实，我也不懂这个词到底是什么意思，总之男人们常常这样形容我，在这里借用一下就是了。

我的自夸到此为止，言归正传。在十八岁之前，我基本上是一个单纯的女孩。上了大学之后，才渐渐地变得复杂起来。我知道了我的美丽是我的骄傲，上课的时候，连七八十岁的老教授也会多看我几眼，就更不消说那些年轻的讲师和男同学了。

能上大学的女孩很多，美丽的女孩也很多。但能上大学又美丽的女孩就不是太多了。现在不到处都在讨论资源开发吗？坦率地说，我觉得自己就是一个很好的资源，要善待自己，把自己的资源充分利用起来，我要把自己好好地嫁出去。好比一个抓到了一手好牌的人，我为什么不能大赢特赢呢？

我本来准备大学毕业后，再慎重处理自己嫁人的问题，没想到猝不及防地就被丘比特的毒箭射中了。您一定要说，爱神之箭怎么能叫毒箭呢？因为它毒汁四溢，让我遍体鳞伤。

那天我到食堂打饭，很长的队，好不容易排到跟前了，不想我的饭卡突然找不到了。大师傅很不耐烦地催我，后面的同学熙熙攘攘一个劲儿地往前挤。正在尴尬万分的时候，一个很有磁性的声音，在我后脑的上方响起：你先拿我的饭卡买饭吧。我回头一看，一个高大英俊的男生正微笑地看着我，他的牙齿像米饭一样雪白。特别是他的整个身体，散发出一种独特的香气，真的，在饭厅数十种菜肴和煎炸烧烤之中，他的气味是那样芬芳清新。我一下子就被击中了，简直就像是被施了魔法，乖乖地拿了他的饭卡。

那天的中午饭，顺理成章是我们在一起吃的。因为我要还他的饭钱，所以我留下了他的住址。他是新来的研究生。我还记得那顿饭我们要的都是鱼香肉丝，那种甜兮兮的青椒气味，我一辈子都不会忘记。

我们飞快地坠入了爱河。他对我说，很想租一间房子，和我住在一起。不然如果一天没有八小时以上看到我抚摸到我，他什么课都听不进去。

我的计划被他的计划打破，我对自己说，为了他的早日成才，也为了我的将来，就答应他吧。就这样，我们共筑了一间精致的爱巢，住了进去。

您一定不相信，我看起来是那种很时尚、很前卫的女孩，其实骨子里是很保守的。我把自己的贞节一直保持到了我们住进小屋的那一刻。我以为他看到鲜红的血迹会很高兴，不料他皱了一下眉说，真没想到。我很奇怪，说你不高兴吗？他说，不是不高兴，是觉得自己的责任太大了。那一刻，我突然萌生了不好的预感，觉得他是一个害怕负责的男人。

不过这种不祥的念头很快就消失了。我天天沉浸在芬芳的气味当中，非常幸福。我对他说，你知道自己有一种特别的气味吗？他很诚实地说，不知道。你可能是太喜欢我了，才生出幻觉。我当然不能承认幻觉这个说法，好像我的神经不正常了，我就请最好的朋友到我家来闻一闻。好友像猎狗一样地在我们的小巢里走来走去，最后她万分认真地对我说，除了男人的汗臭，并无其他味道。你以为你找到的是一头香獐或是麝香牛吗？你是情人眼里出西施，其实他和其他男人别无二致。

朋友走了，我也一笑了之。别人闻不到他的奇特，这最好了。要是人人都像我似的一见钟情，我的未来还不保险了呢！我们就这样幸福地过了 109 天，比水浒的 108 将还多一天，没想到那天晚上他吃完了我为他包的鸡肉馄饨之后，对我说，对不起，我不爱你了。我明天就会搬出这间房子。不过，请你放心，房租我已经交到月底了，你还可以安心住着，不必慌张。

我大吃一惊，说你怎么可以这样？他很震惊地说，我怎么就不可以这样？既然我们可以一见钟情，我也能和别人一见钟情。我爱上了另外的一个女孩。我说你不要脸。他说，你不要出口伤人。我们本来就是同居，合则聚不合则散，你我都是自由人。我说，那你以前的山盟海誓呢？他说，你怎么可以相信那些！什么冬雷阵阵夏雨雪，现在全球大一统，咱们这里是夏天，南半球就是冬天，当然可以夏雨雪了。所以，没有不变的东西，要与时俱进嘛！

我真的很想像电影里那样，狠狠地抽他一大嘴巴，但是极度的衰弱辖制了我，完全呆若木鸡，根本就抬不起臂膀，眼睁睁地看着他收拾完了自己的东西，扬长而去。

我想问问您的就是：世界上有一见钟情这种东西吗？它是甘霖还是毒药？我相信一见钟情，可一见钟情的结果居然这样残酷。我以后还有能力爱一个人吗？它将是怎样的方式呢？

萧箐

×年×月×日

毕老师说：

很多人以为自己的故事很独特，其实很多常常是每天都在全世界各地重复上演的 MTV。这样说的意思一点儿都不是小瞧了萧箐的痛苦。我们的痛苦并不是因为独特太引人注目，而是因为它来自我们最深在的情感。无论起因多么平凡，都有可能引爆精神地层的断裂。

关于一见钟情，实在是一个古老的话题。如果把恋爱做一个最简单的分类——那就是一见钟情或是日久生情。

少女少男们期望一见钟情，那样更烂漫、更突如其来、更匪夷所思。文学艺术家们也比较喜欢一见钟情，那样人物集中故事紧凑，冲突剧烈矛盾尖锐。比如一对男女谈了几年的恋爱才定下终身，这几年当中，男人没有出过一次差，女人没有生过一次病，双方的父母也都认为是天造地设，一起投赞成票。你说这个爱情美满不美满呢？大家一定觉得很美满，可这个故事就没法写了，写了也没人看了。因为艺术的规律是“文似看山不喜平”，你得一波三折而不能一马平川。

青年人获取婚恋经验，一部分来自父母和周围的长辈，这本是一条很好的途径，可惜我们的传统中，要么是正襟危坐，把这些知识列为不登大雅之堂的隐秘，要么把民间地下的情色渲染成了代用品，缺少中肯的情爱指导。于是青少年们关于爱情的学习，特别是女孩子，很多来自神话传说和言情故事。文学并不是生活的百科全书，很多时候它是写作者的一厢情愿。所以，关于一见钟情的描写充斥在爱情小说中，常常会使人误以为那是爱情的常态，甚至是唯一的状态。而实际上，一见钟情不过是爱情千姿百态中的一种。

爱情开始的时候，我们的体内发生了怎样的化学变化，这是科学家们至今尚未得出答案的悬疑。爱情可以从任何时间的任何地方开始，也可以在任何地方的任何时间结束。你很难说哪一种方式最好，就像我们至今无法认定哪一种花草是地球上最美的生物。放眼人海，你更是可以看到不同开端的爱情和婚姻，都有成功的金婚、银婚和失败的塑料婚、一次性筷子婚（这两个词是我发明的，表示短暂和垃圾之意。乱造词汇，请原谅）。比如父母之命媒妁之言的包办婚姻，那结局有跳井上吊的，也有白头偕老的。比如花前月下青梅竹马的情投意合，结局有红杏出墙也有风雨与共。

现在我们回到困扰主人公的关键问题上来。你相信世界上有没有一见钟情这种爱情方式呢？

我是又相信又不相信。为什么这样说呢？你要说没有吧，我曾亲耳听到若干青年男女描述他和她一见钟情时的感受。在某一特定的时刻，看到某一特定的异性怦然心动，异样感受像飓风一样袭来。心跳加速，口舌发紧，周围的空气不再被吸入肺里，而是变成了一种滚烫的喷香的米酒，流溢在唇齿之间，让人心旌摇动，进入微醺的状态，眼睛好像吃多了深海鱼油一样闪闪发亮，嘴唇变得鲜红欲滴……

这种状态是确实存在的，有些人就此沉入爱的海洋不可自拔。其中有些人一生美满，有些人在结婚后再也找不到神奇的触电的感觉了，绚烂归于平淡之后，开始了冷战，甚至导致了家庭暴力，最后不得不黯然分手。

对于这个复杂的转折，心理学家给出了自己的解释。其实，世界上完全丧失前兆的一见钟情是没有的。人们对于自己伴侣的设计，有着奥妙的先入为主的轨迹。它不但存在于我们的理智当中，也潜伏在不曾察觉的潜意识当中。也许你从来没有在纸上列出过你对这个问题的答案，但这并不证明你是彻头彻尾的一张白纸，并不等于你对与什么样的人共度一生，完全没有过自己独特的思考和认真的设计。也许从父母的言谈身教中，也许从邻里的街谈巷议中，也许从社会的规范评说中，也许从文学作品的潜移默化中……总之，纯粹的爱情白纸是没有的，在看似空无一物的卷宗中，有铅笔用虚线打下的草稿。在某个特定的时辰，某一个特定的形象恰好嵌入了这个无形的标准之中，一见钟情就以迅雷不及掩耳之势把它变成了工笔重彩描绘的现实。所谓的一见钟情，不过是按图索骥。因为不知道萧箐的身世和家庭背景，这里就无法做更深的探索了。

还想谈谈嗅觉的意义。我是医生出身，对人的生理如何微妙地影响了人的心理很有感触。萧箐的故事里，嗅觉起了非常重要的作用，她是被气味所吸引，然后坠入爱河。据科学家研究，主管嗅觉的脑细胞是十分古老的，动物们就是凭着独特的气味来分辨是否同类还是敌人，当然，也包括了择偶。在我们每个人的双眼之间、头骨内部与脑底结构中，生长着五百万个以上的嗅觉细胞。这些细胞和脑部正中央的下丘脑相紧密联系。而下丘脑控制着人的恐惧和悲欢等种种情感，当然了，它也支配着情欲。因此，味道有时在不知不觉中会强烈地扰动着我们关于爱情的判断。

爱情当然不仅仅是生理层面的变化，但当一见钟情这种非常类

似化学反应的情况发生的时候，我们对此要有着更理智一些的了解和把握，这样对我们的幸福会更有帮助。

我有一个大胆的猜测，其实女人们涂抹香水，是为了减少一见钟情的机会，让自己和对方都有更多的平稳心态来用于选择。因为浓郁的香水遮盖了原本属于个人的气味，机器化大生产的千篇一律的香水让骚动沉静下来，就不会被某种特殊的体味撩动得忘情。

萧箐还提到了负责任和爱的能力方面，这些都是更重要的核心问题了。我们将在以后的篇幅里再做讨论。

为什么总是遇人不淑

婚姻的安全感更要从自己来。相信自己，不要把命运寄托在别人身上。

她到心理诊室来的那天，天气很冷，她穿着很短的裙子，腿长得并不好看，透过薄薄的丝袜，可以看到曲张的静脉。鞋跟很高，大脚趾紧绷着，几乎和小腿扳成一条直线。

她坐下后第一句话是——我为什么总是遇人不淑？

我说，为什么用“总是”这个词？

她叹了一口气说，我已经离过两次婚了。这一回，马上也要离了。

我也叹了口气说，我听出你很难过，很想改变。你不知道自己什么地方出了毛病。你需要稳定和温暖，是这样的吗？

她一下子握着我的手，柔弱无骨。连声说，是的是的！我不是爱离婚的女人，世界上有一些女人，不把离婚当回事儿，我要真是那样，也就不痛苦了。我是想好好过日子的女人，我在这方面下的功夫，比一般女人大多了。可我怎么就找不到爱我的男人？好男人都到哪里去了呢？

看着她绝望的神色，我说，你能告诉我，你是怎样遇到你的三位曾经的丈夫？

她滔滔不绝地打开了话匣子。

我从小是一个害羞的女孩，我总怕别人欺负我，个子小又胆小的女孩，多半都会这样的吧？当我知道男女之事以后，我想，一定要找个子高大的男生，这样，谁欺负我，他就会站出来保护我。第一位丈夫是我同学，个子高高，好似篮球运动员。我们俩的学习成绩都不怎么样，谁也用不着瞧不起谁。知根知底的，优缺点都一目了然，按说应该特踏实吧？所以，一有了工作，我们就结婚了。他当上了老板的保镖，一天跟着出入那些不三不四的场所，认识了一位洗头的小姐。我现在特恨“小姐”这个词。那算什么小姐啊？简直就是一个只能看小人书的打工妹。要是有点身份的小姐，起码傍一个“大款”“中款”吧，这小姐，苍蝇也是肉，连个保镖也不放过。后来，他俩被我在自己的家里，逮了个正着……我当时害怕极了，比那两个狗男女吓得还厉害。他们倒是比我镇静，我丈夫撂下一句话——你既然看见了，你就看着办吧！我呆呆地坐在家里，特别可惜我那精心布置的床，被糟蹋得乱七八糟的……别看我这个人个子小，可受不了这种窝囊气，我二话没说，离婚！

离了以后，我很快就从打击中恢复过来了，非要争一口气，要让我的前夫看看，你算个什么东西！你只能往底层里找，我呢？哼！这回找的不但个子要高过你，身份钱财都要比你强！话虽是这样说，但有人才有身份的男人，大姑娘随便挑，干吗非得娶我这么个一没学历二没个头三没好工作的二婚女子啊？我分析了一下自己的优势劣势，我长得不错，还因为从小就胆小，所以刚跟我接触的人，都以为我挺温柔的。许多男人啊，最看中的就是女人温柔。不信你到报纸上的征婚广告看看，有一个算一个，都是寻求温柔贤淑女子的。扬长避短吧，我就在这方面下功夫。学着做一个贤妻良母呗，没什么难的。只要说话声音轻一点动作慢一点，对小孩子特别疼爱就大功告成了。当然了，还得练着记住一些童话故事……因为我要找的那种身份的男人，基本上都是带一个小孩的，你要是能对他的孩子好，他自然会给你加分。我报了社会上的各种学习班，比如“家长学校”“烹饪班”什么的。小姐妹都笑我，说你连个“月娃子”都没养下呢，自己连整虾都舍不得买，只吃虾皮，上这种班，不是跳级吗？我不理她们，也不告诉她们我的真实想法。万一要是失败了，多丢人啊。把这些都操练得差不多了以后，我就开始物色对象了。

从哪儿物色？当然是从征婚广告上了。这法子说起来挺笨的，其实多快好省。你买一堆报纸刊物，仔细研究，条件一目了然，一上午浏览个百八十男人的基本情况，不是难事。看得多了，也能增长经验，什么人是真心的，什么人是闹着玩的，甚至想占便宜的，估计个差不多。虽说里面有骗人的，但我也不是傻子，能分辨出个大致。感觉不好的，再不理他就是了。我特别重视身高这个条件，1.79米以下的，免谈。

你猜得不错，我前夫就是1.79米。怎么我也得找一个比他高的，高1厘米也是高。按说我这些条件加在一起，也挺苛刻的。可我还真是找到了一个愿意见面的。个高，有钱，有一份体面的工作，有一个很可爱的孩子……一切的一切，都同我预计得一模一样。我给他做很可口的饭菜，亲吻他的孩子……

你问我这样做，是不是很勉强？说实话，有一点儿。但我知道这是为自己以后的幸福投资，也就一一地做了。这样接触了几次之后，是他催着结婚的。他说他太累了，需要一个安静的小潭。我说，我各方面的条件都不如你，你怎么会看上我呢？他说，前妻跟着别人走了，他下决心要找一个各方面都不如自己的人，只要对他好，对孩子好，就成了。钱挣多少是多呢？他挣的钱够用的了，我的钱不多，这没关系……这些理由挺充分的，是不是？我信服了，觉得苍天有眼，我的准备都派上用场了，熬出头了。

我们很快就结了婚。婚礼是到国外旅行了一趟，几乎没通知朋友。我的第二任丈夫说，他不想大事铺张，只想安安稳稳地过日子。我倒是很想风光一把，特别是让我的前夫知道知道，他离开了我，我却过得更好了。但新丈夫说低调处理好，我也就依了他。我还要保持一个贤惠的形象嘛。也许，我当时强烈要求大事操办一番，事情就会是另外的结局了？毕竟他是一个好面子的人……

结婚以后，我的本色就慢慢露出来了，我不可能老忍着吧？他的孩子做得不对的，我也不能老哄着，是不是？爆发是因为我替他去开孩子的家长会。老师劈头盖脸的一顿训，我回来当然要转述给他的父亲。也许我的表情不够沉痛，也许我的忧虑不够发自内心，本来嘛，又不是我的亲生孩子，我能做到如此，已经很不错了。说着说着，我的第二任丈夫就开始生气，说我不是真心爱孩子，有点幸灾乐祸……最后说我是一只披着羊皮的狼……我太冤枉了，我怎么会是狼？我是打算当一只忠诚的看家狗啊。我们开始了争吵。夫妻吵架这事，是不能开头的。开了头，就有瘾，会越吵越来劲。正在这时候，他的前妻回来了。他们是怎么开始来往的，我不知道。有一天吵架之后他对我说，我们还是离婚吧。我要和前妻复婚。她表示悔改，我原谅她了。我已经不相信女人，但对孩子来讲，毕竟还是他的亲妈。至于你，可以给你一部分钱作为补偿……

我走了。没要他的钱。我不是为了钱，才和他结合的。我努力做了，可他是把我作为一个替代品，我上当了。他结婚的时候不肯通知朋友，说明他自己就对这次婚姻没信心，不看重。

这一次，我真的垮了。后来，我很快有了第三次婚姻。要说我的第二任丈夫，什么都没给我留下，这不对。他把一个观念留给了我，就是找一个条件不如自己的人。这样，你就操持着主动，你可以不要他，他却要巴结着你……我再找丈夫的时候，什么条件都放弃了，只问一条，个儿要超过 1.82 米。

是的。我也涨了价码了。您可以想到，在这种倒霉的时候，我能有什么好运气？他是一个好吃懒做的人，就靠我的那点收入养活他。等把我吃光了，他就出去找别的女人。我说那就离婚，他觍着脸说，离婚干什么？凑合着过吧。我这是为你着想。像你这种女人，再离婚，谁还敢要你？丧门星！

我真的蒙了。不知道哪里出了问题。我不是一个坏女人，我也没有害过人。可命运为什么对我如此不公？俗话说，事不过三，我为什么三次婚姻都如此不幸？有时我想，好人和坏人总是有一定比例的吧？这世界上总还是好人多吧？我就是在马路上随便拦住一个人，嫁给他，也不至于次次都输得这么惨吧？到底是什么地方出了毛病？

她一口气说了这么久，目光始终不对着我的脸，只是紧张忧郁地注视着我的手。好像我的手里，捏着根还阳救命的仙草。

我缓缓地说，出毛病的地方，其实你自己是知道的啊。

她大吃一惊，说，您别开玩笑。我要是知道，还能一次次地陷到这么惨吗？我不会跟自己作对的！

我说，你的三任丈夫，都有一个共同点。你也反复多次提到，你找丈夫有一个雷打不动的条件……

她真是个聪明女子，马上说道，您是说我对身高的要求吗？这有什么错的呢？您到征婚广告上看看，基本上都有这一条。人之常情啊。

我说，我很理解你。但我想问，你在对男人身高的要求后面，寄托的是什么呢？

她想想说，我想……如果男方的个子高，以后生个孩子，个子也会高的。这不是优生优育的规律嘛！

我说，你想得挺长远。这很好。可我一直没听到你有要孩子的打算。再者，对一桩婚姻来说，孩子并不是先决条件啊。请再想想，高个子后面的期待——是什么？

她低下头想。当她再抬起头的时候，我看到了泪水。她说，我想要的是一份家庭的安全感。

我说，对极了。婚姻是要给人以安全感的。但最主要的安全感是从哪里来呢？从男人的头发？从男人的眼睛？从男人的籍贯？从男人的誓言？

她沉思了半晌，说，要从男人对爱情的忠诚来说，和个子无关。小个子的男人，也一样能做个好丈夫的。

我握着她的手说，好。你讲对了一小半，还有一大半。

她说，婚姻的安全感更要从自己来。相信自己，不要把命运寄托在别人身上。这样，即便出了差错，也不会乱了分寸，病急乱投医，不会一错再错了。只要自己安全了，婚姻就安全了。

我送她出门的时候，紧紧地握着她的手。她的指尖依旧很凉，但已经有一种坚定的力量，蕴含在指掌之中了。

女性应该多有几个朋友，
至少也要有一个你可以面
对她哭泣的女人。

Chapter_ 6

一顾平生，

谁是

你的闺密

倾听灰姑娘

肝胆相照、温暖亲切的谈心遵循着一条美好的定律。那就是——和朋友分享：快乐是传染的，起码可以加倍。痛苦是隔绝的，至少可以减半。

一位女友在国外做心理医生。回得国来，与我闲谈，说起她向许多心理疾患久治不愈的美国人，竭力推荐中国的一种疗法。

我说："是某种中药吧？中医对许多莫名其妙的病症，颇有奇异的效果。"

她抿嘴一笑说："不是。这疗法，不用口服不必注射，像我们这个年纪的中国人，操作起来都是极娴熟的。"

没想到，不知不觉中还有绝技在身，我忙问到底是怎样的疗法。

"就是谈心啊。当年我们俩不是结成对子，常常在操场边的葡萄架下，谈天到深夜吗？各自的家庭、心里的一闪念，还有苦恼和希望，都漫无边际地聊个够……直到现在，我的鼻子在大洋彼岸，在睡梦中，还时时会闻到篮球架旁的沙枣花香，那是一种无法形容的沁人心脾的醉气……”

我说：“谈心这件事，现在的声名可不大好。过去许多人把谈心得来的材料，当成子弹，打了小汇报，酿出了无数冤案。人们如今都牢记老祖宗的教导，逢人只说三分话，未敢全抛一片心，哪里还有掏心掏肺的聊天？

“倘若是男人嘛，还有一个放松的机会，那就是三五知己喝醉了酒，吐出几分真言。女人就只好憋在肚里，让那些心里话横冲直撞，直到把自己的神经撞出洞来。再说，这也是社会的一种进步，我们好不容易得到了隐私权，岂能拱手相让？”

女友笑起来说：“隐私权是一种权利，你愿意用就用，不愿用就不用，自由在你手里啊。好比离婚这种权利，对和和美美的夫妻来说，就可以闲置在那里。再者，人家逼迫你说出隐私，和你自愿地倾诉心曲，实在是两回事。

“其实越是隐私，对人心理的压力就越大，就越要有正常的宣泄渠道。随着社会物质文明的进步，人们对自己的生理健康越来越关注。哪怕微风吹落了草帽，也要赶快吞几片感冒药预防。但人们对自己的心理关怀太不够了，它就像一个衣衫褴褛的灰姑娘，躲在角落里。可这个灰姑娘是会发脾气的，一旦疯狂起来，将给我们带来巨大的痛苦。”

她忽然转换了话题说：“假如你和你的先生吵了架，你怎么办？”

我说："那我就不理他。"

她问："你和别人谈起吗？"

"一般不说。家丑不可外扬啊。"我叹一口气。

她说："你跟我说了心里话，我也跟你说。在美国，假如我突然和我的先生吵了架，我会马上就去找我的心理医生。"

我说："你自己不就是医生吗，还要找别人干什么？"

她笑笑说："心理医生也和别的医生一样，自己是不能给自己看病的。夫妻吵架表面上看来都是因为极小的事情，但下面常常潜伏着由来已久的情感危机。

"假如我们不想分手，就一定要把这股暗流找出来，清醒地对待它、排解它。但心理医生在美国收费十分昂贵。"

我说："主意虽好，只是咱们连小康尚未达到，第三世界消费不起。有没有自力更生、白手起家的法子？"

女友说："有啊，这就是谈心。其实心理医生也是和病人谈心聊天，只不过更专业、更精彩一些。女性应该多有几个朋友，至少也要有一个你可以面对她哭泣的女人。

"我指的不是那种萍水相逢，或生意场上、权力上因为利害关系结成的伙伴，而是交往多年，知根知底善解人意的朋友。

"你说起了一片叶子，她就知道风从哪里来。哪怕你婚后爱上了另一个男人，你也用不着分辩自己不是一个坏女人，要商讨的只是应该怎样办……她真诚而善良，绝不会让你的故事流传。精心的信任和感情，就是不花钱的心理医生。友谊是一种像水一样互相流动的物质。这一次你给予了我，下一次我给予你。”

我说：“明白你的意思了，让我们倾听对方心中的灰姑娘。”

分手的时候，她对我说：“肝胆相照、温暖亲切的谈心遵循着一条美好的定律。那就是——和朋友分享：

快乐是传染的，起码可以加倍。

痛苦是隔绝的，至少可以减半。”

女孩，请与我同行

绿灯像猫头鹰的眼一般亮了。他一踩油门，车又箭矢般前进。一路上，我们再无交谈。

那天，说好晚上九点到广播电台，直播一个呼唤真情的节目。都怪我临走时又刷了刷碗，出门比预定时间晚了五分钟。大城市里似乎活动着一条诡谲的规律，假如你晚了半步，就像跌入了黑暗的潜流，步步晚下去，所有的事物都开始和你作对。

我家门口是交通要道，平日打的，易如反掌。但此刻仿佛全北京的人都拥挤在出租汽车上，奔驰而来的汽车没有一辆亮出“空驶”的红灯。时间在焦急的等待中转瞬即逝，我急得头上热气腾腾。

顾不得往日的矜持，我跳到马路中央拦车。可惜每一辆迎面驶来的出租汽车的窗玻璃上都黑压压地涂满了人，任凭我将手臂摇得像风雨中的旗杆，车群还是拐着弯呼啸而过。

我想，也许我站的地方不理想，就向路口逼近，最后简直戳到了红绿灯底下了。

现在，是最后的时限了。假如我再搭不上车，直播室里将留下一幅焦灼的空白。我无法设想那边即将到来的慌乱情景，只是疯狂地向每一辆的士招手。

突然，一辆红色的夏利出租车从天而降，稳稳地停在了我的身旁。司机是一个快活的小伙子，他露出一口白牙微笑着问我："您到哪里去？"

我伸手拉开车门，上了车报出地名。猛然一个尖锐的女声撕破了我们的耳鼓："你怎么问她不问我？是我先看到你的，是我先挥手的。这是我拦的车，该我上的……"

我们都愣了，看着这从一旁杀出的女孩。她穿着一身银粉色的连衣裙，夜风吹起裙裾，像套着一柄漂亮而精致的阳伞。

略一思索，就明白了眼前的事态。女孩刚来到人行道上挥手拦车，车就停了。她以为这是她的功劳。

来不及同她做太多的解释，甚至不想分辨究竟是谁先举起的手（其实很简单，只要问一问司机就真相大白）。我只是想，既然我们在同一方向拦车，大目标就是一致的。于是问她："小姐，您到哪里？"

她不屑于理我，对着司机报出了她的目的地。司机轻松地说："我正不知道怎么回答您呢，这下好了，你俩顺路，您先到，那位女士后到。

谁也不耽误……”

我敞着车门对她说：“小姐，谁拦的车已经无所谓了，要紧的是我们赶快上路。对不起，我的确有急事，来不及再拦别的车了。既然我的路远，车费就由我来付。小姐，快上车吧，请与我同行。”

美丽的小姐掏出高雅的钱夹，也是娇艳的粉红色，对司机说：“钱，我有的是。我从没习惯同别人坐一辆出租车。你请她下去，我多付你钱。”

我突然感到异乎寻常的寒冷，在这春意荡漾的夜晚。

那一瞬，我漠然缄口无言。要是司机撵我下车，我只有乖乖地下去。就是过后义愤填膺地举报车号，司机也完全可以不认账，说他是先看到粉红色小姐后看到的我，这便是死无对证的事。况且按照我待人处世息事宁人的习惯，也绝不会打上门去告谁。

在那个时刻，甚至连广播电台的直播都茫然地离我远去。在人与人之间如此隔膜的今日，温情的呼吁是多么苍白微弱。

我抱着肘，怕冷似的等待着，等待一个陌生人的裁决。

司机对小姐说：“我当然愿意多挣点儿钱啦。您忙吗？”

小姐嫣然一笑说：“我不忙。就是晚饭后遛遛弯儿。”她很自信地看着司机，对自己的魅力毫不怀疑。

我已经做好了下车的准备，听见司机对小姐说：“既然您不忙，那我就先送这位女士了。您再打别的车好吗？”

说着，他发动了引擎，夏利像一颗红色的保龄球，沿着笔直的长安街驶去。

女孩粉红色的身影，像一瓣飘落的樱花，渐渐淡薄。

我很想同司机说点儿什么，可是说什么呢？感谢的话吗？颂扬的话吗？在这车水马龙的都市里，似乎都被霓虹灯的闪烁淹没了。

“像这样的事多吗？”我终于说了。

“什么事？”他转动着方向盘，目视前方。

“就是同一方向行驶的乘客，却不愿搭乘。”

“多。挺多。其实同方向搭乘，既省了钱，又省了油，还省了时间，不消说还减轻了城市的交通污染。可是，有许多人就是不愿搭乘。不过一般人不愿合着坐，不坐就是了。像今天这位小姐，公然用钱来逞强的人，也不多。”司机一边说着，一边灵巧地避让着车流。

我轻轻地叹了一口气，问他也是问自己：“人哪，为什么要这样喜好孤独？”

正巧前面是一盏红灯，司机拨弄着一个用作装饰的金“福”字，平静地说：“因为他们有时间，因为他们有钱。”

绿灯像猫头鹰的眼一般亮了。他一踩油门，车又箭矢般前进。一路上，我们再无交谈。

到达北京人民广播电台，离预定的直播时间还有五分钟。

我急急地把一张整币递给他，甩上车门就往楼里跑，那一道道直播间的手续颇为费时。

司机在后面喊："我还没找您钱呢！"

我头也不回地说："不用找了。别在意，那不是奖你的，是我没时间了。如果你不忙，待会儿请打开收音机，会听到在节目里说起你……"

我不知道司机是不是听到了我的话，更不知道那朵粉红色的樱花，坐着另一辆出租汽车兜风的时候，听到了我的呼唤没有。

我在说——女孩，请与我同行。

谁是你的闺密

现在，我也有了一个闺密，给我出了个好主意。我说，谁呀？她说，就是你啊！

某天，我看到工作人员正在清理一堆小山似的硬币，好像是哪个孩子当场砸碎了他的宝贝扑满。我很奇怪，心理机构不是超市银行，似乎不应该收集如此多的硬币。助手们都很尽职，平常绝不会在业务场所处理私事，看来这些硬币和工作有关。我实在想不明白：硬币和心理咨询有何关系？

助手看我纳闷，就说，这是

一个孩子交来的预约咨询费用。我一时愣怔，心想，孩子的钱，是不是应该减免？助手看我不说话，以为我是在斟酌钱的数量，就说，这是那个孩子所有的钱，我打算自己帮她补足。

我问，钱的事，咱们再说。我想知道孩子是跟着谁来的。

按照惯例，孩子的问题，都是父母发现后焦虑不安地领来求助。

助手说，这孩子是自己来的，用压岁钱来付费，父母根本不知道她要来看心理医生。助手说着，把她的登记表递过来。

工工整整的字迹填写着：张小锦，女，十三岁，本市 ×× 中学初一年级学生……

见到张小锦的时候，我吃了一惊。本以为这么敢作敢为挺有主意的孩子一定人高马大，却不料她十分瘦小，穿橙色校服蜷在沙发中，好像一粒小小的黄米。

我说，你遇到了什么事情，需要我们的帮助？

瘦小的张小锦说起话来嗓门挺大，音调喑哑，有点像张柏芝，仿佛轻巧的身躯里藏着一根摔裂的长笛。张小锦咬牙切齿道：我请你帮助我——除掉我妈的朋友！

我着实被吓了一跳。这个开头，有点像黑帮买凶杀人。我说，你很恨你妈妈的朋友？

张小锦说，那当然！请你千万不要将我的话告诉任何人。你要发誓，永远不能说。

这可让我大大地为难了。就算她是一个孩子，如果她图谋杀人，我也要向有关机构报告。如果我拒绝了张小锦的要求，她很可能就拒绝和我说知心话了，帮助便无从谈起。我避开话锋，慢吞吞地回答，你能告诉我，你说的“除掉妈妈的朋友”是什么意思？

“除掉”通常是血腥的。警匪影片中将要杀死某个人的时候，匪徒们会窃窃私语，吐出这个词。张小锦回答说，我的“除掉”就是让这个朋友离开我家！不要和我妈没完没了说个不停，让我妈多拿出一点时间来陪我，遇事别老听这个朋友的，也和我聊聊天，也听听我的想法……

原来是这样！在张小锦的词典里，“除掉”并不是杀死，只是离开。我稍稍松了一口气，说，张小锦，看来你妈妈和你交流不够，你对此很有意见啊。

张小锦遇到了知音，直起身板说，对啊！我妈有什么心事，只和朋友说，不和我说。我们家的事，是和她朋友关系密切啊，还是和我密切啊？

张小锦黑亮的眼珠凝神盯着我，目光中带出急切和哀伤。

我立即表态，你们家的事，当然是和你关系最密切了。

这让张小锦很受用，她说，对啊！那个朋友一天到晚老缠着我妈，让我妈离婚，破坏我们家的和睦！说着，她长长的睫毛湿润了。我递过去几张纸巾，张小锦执拗不接，只是不停地眨巴眼睛，希望眼帘把泪水吸干，睫毛就聚成几把纤巧的小刷子。

看来张小锦家充满了矛盾和危机，她妈妈的朋友也许正是罪魁祸首。我说，小锦，是妈妈的朋友让你们家庭变得不幸福了？

张小锦一个劲儿地点头，正是！

我说，妈妈的坏朋友具体是个怎样的人？

张小锦突然有点踌躇，说，其实这人也不算太坏，逢年过节都会给我买礼物，是我妈的闺密。

晕！我一直以为妈妈的朋友是个男人，甚至怀疑他就是破坏张小锦家的第三者。现在才知道，朋友是个女的！有一瞬间，闪过张小锦的妈妈是不是个双性恋的念头。要不然，怎么两个女人之间的关系会引发张小锦这样大的恼怒！

咨询师的脑海就像一台高速运转的电子计算机，来访者的任何一句谈话，都会在咨询师脑海中引发涟漪。一千种可能性像漂流瓶在波涛中起伏，你不知道哪一只瓶内藏着来访者心中的魔兽。也许你以为是症结所在，穷追不舍，紧紧跟踪，结果不过是一朵七彩泡沫。也许你忽视的只言片语，却潜藏着最重要的破解全局的咒语。这一次，我的方向差了。

我想起了老师的教导：你不能以自己的主观猜测代替事实的真相。你永远不能跑到来访者的前面去，你只能跟随……跟随……还是跟随。

我调整了心态，对张小锦说，你妈妈和女友之间的关系，让你嫉妒。

张小锦不解地重复，嫉妒？我好像没有想到这一点。

我说，以前没想到不要紧，现在开始想也来得及。

张小锦偏着脑袋想了一会儿说，好吧，你说我嫉妒，我承认。人家都说女儿是妈妈的小棉袄，可我妈妈硬是把我当成了破大衣，心里有话都不跟我讲。

我说，你妈妈的心里话是什么呢？

这一次，张小锦反常地沉默了，很久很久。如果我不是一个训练有素的心理师，也许我就睡着了。我等待着张小锦，我知道这些话对她一定非常重要，讲出口又非常困难。

终于啊终于，张小锦说，哼！他们都以为我不知道，他们合伙儿来骗我。我也愿意装出一副傻相，让他们以为我不知道。他们自以为知道一切，其实我在暗里比他们知道得更多！

简直就是一个绕口令！我彻头彻尾被这个有着破碎长笛一样沙哑嗓音的女生弄糊涂了。我要澄清，在她的词典里，“他们”——是谁？

是我爸爸、我妈妈，还有那个和我爸爸相好的女人。当然，还有我妈妈的闺密……张小锦的话匣子终于打开了。原来，张小锦的爸爸有了外遇，和另外一个女子暧昧，被放学回来的张小锦撞见了。从此，张小锦见了爸爸不理不睬，爸爸反倒对张小锦格外好。张小锦决定不把这件事告诉妈妈，因为那样家就很可能破碎。张小锦知道那些父母离婚的同学基本上都很自卑。张小锦心想，只要妈妈不发现这件事，家庭就能保全。她一次又一次地帮着爸爸遮掩，让妈妈蒙在鼓里。然而，妈妈还是察觉到了某种蛛丝马迹，开始敏感而多疑。张小锦很怕出事，就故意胡闹，分散妈妈的注意力，实在没法子了就生病。无论妈妈多么在意爸爸的一举一动，只要张小锦一发烧，妈妈就把所有的注意力都放到了张小锦身上，无暇他顾，爸爸的危机就化解了。可爸爸不知悔改，变本加厉。张小锦就是再用十八般武艺转移妈妈的注意力，妈妈还是越来越接近真相了。妈妈对自己的好朋友痛哭一场和盘托出。这位闺密是个刚烈女子，疾恶如仇。她不断和妈妈分析爸爸的新动向，号召妈妈奋起抗击。妈妈很痛苦，和闺密无话不谈，最近已经到了商议如何去法院告道德败坏的爸爸，讨论分割财产和张小锦的归属……张小锦用大量的精力偷听她们的谈话，惊恐万分。好比外敌入侵，妈妈的闺密是主战派，张小锦是主和派。张小锦要维护家园，当务之急就是除掉闺密！她走投无路，不知道跟谁商量。跟同学不能说，要维持幸福家庭的假象；跟亲戚不能说，爸爸妈妈都是好面子的人，张小锦不愿亲人们知道家中正在爆发内乱；跟老师也不能说，她害怕老师从此把她归入需要特别关心爱护的群体。百般无奈的张小锦想到了心理医生，就把所有的私房钱都拿出来做了咨询费。

听完了这一切，我把张小锦抱在怀里，她像一只深秋冷雨后的蝴蝶，每一根发丝都在极细微地颤抖。不知道在这具小小的躯体里隐藏了多少苦恼与愤怒！她还是个孩子啊，却肩负起了成人世界的纷争，为了自己的家庭，咽下了多少委屈、辛酸的苦果！

许久后，我说，小锦，设想一个奇迹。假如你妈妈的闺密突然消失了，你们家就能平静吗？

张小锦认真想了一会儿，说，可能会平静几天吧。但我妈妈已经起了疑心，她会穷追到底，我爸爸迟早得露馅。

我说，这么说，闺密并不是事情的症结……

张小锦是个聪明孩子，马上领悟过来，说，事情的根本是我爸妈自己！

我说，你同意我请你的爸爸妈妈到这里来咱们一同讨论你们家的情况吗？

张小锦害怕地抱着双肩说，他们会离婚吗？

我说，不知道，咱们一块儿努力吧。只是有一条，这一次，你不能装作什么都不知道，你要把你所知道的一切和感受都说出来，包括你对父亲第三者的印象，还有你对闺密的看法。你要表达你对父母的期待和对一个完整的家的爱。

张小锦说，天哪！在爸爸妈妈眼里，我一直是个善解人意的乖乖女，这下子，我岂不是变成了刺探情报两面三刀的小间谍？！不干！不干！

我说，这是否比你失去爸爸妈妈和家庭瓦解更可怕？

张小锦捂着眼睛说，好吧。我知道什么事最可怕。

我们和张小锦的爸爸妈妈取得了联系，他们一同来到咨询室。经过多次的家庭讨论，这其中有很多激战和眼泪，张小锦的爸爸终于决定珍惜家庭，和第三者一刀两断。妈妈也说看在小锦一番苦心上，给爸爸一个痛改前非的机会。

结束最后一次咨询，张小锦离开的时候悄悄地对我说，现在，我也有了一个闺密，给我出了个好主意。

我说，谁呀？她说，就是你啊！

红与黑的少女

我一直目不转睛地看着，我知道这不是纯粹的艺术欣赏，而是一个痛苦的灵魂在用特殊的方式倾诉。

来访者进门的时候，带了一股寒气，虽然正是夏末秋初的日子，气候还很炎热。

女孩，十七八岁的样子，浑身上下只有两种颜色——红与黑。这两种美丽的颜色，在她身上搭配起来，却显得恐怖。黑色的上衣黑色的裙，黑色的鞋子黑色的袜，仿佛一滴细长的墨迹洇开，连空气也被染黑。苍黄的脸上有两团夸张的胭脂，嘴唇红得仿佛渗出血珠。该黑的地方却不黑，头发干涩枯黄，全无这个年纪女孩青丝应有的光泽。眼珠也是昏黄的，裹着血丝。

“我等了您很久……很久……”她低声说自己的名字叫飞茹。

我歉意地点点头，因为预约的人多，很多人从春排到了秋。我说：“对不起。”

飞茹说:“没有什么对不起的,这个世界上对不起我的人太多了,您这算什么呢!”

飞茹是一个敏感而倔强的女生，我们开始了谈话。她说：“您看到过我这样的女孩吗？”

我一时不知如何回答好，就说：“没有。每一个人都是特殊的，所以我从来没有看到过两个思想上完全相同的人，就算是双胞胎，也不一样。”

这话基本上是无懈可击的，但飞茹不满意，说：“我指的不是思想上,我知道这个世界上绝没有和我一样遭遇的女孩——打扮上,纯黑的。”

我老老实实地回答："我见过浑身上下都穿黑衣服的女孩，通常她们都是很酷的。"

飞茹说："我跟她们不一样。她们多是在装酷，我是真的……残酷。"说到这里，她深深地低下了头。

我陷入了困惑。谈话进行了半天，我还不知道她是为什么而来。主动权似乎一直掌握在飞茹手里，让人跟着她的情绪打转。我赶快调整心态，回到自己内心的澄清中去。这女孩子似乎有种魔力，让人不由自主地关切她，好像她的全身都散发着一个信息——"救救我！"可她又被一种顽强的自尊包裹着，如玻璃般脆弱。

我问她："你等了我这么久，为了什么？"

飞茹说："为了找一个人看我跳舞。我不知道找谁，我在这个大千世界找了很久，最后我选中了您。"

我几乎怀疑这个女生的精神是否正常，要知道，付了咨询费，只是为了找一个人看跳舞，匪夷所思。再加上心理咨询室实在也不是一个表演舞蹈的好地方，窄小，到处都是沙发腿，真要旋转起来，会碰得鼻青脸肿。我当过多年的临床医生，判断她并非精神病患者，而是内心淤积着强大的苦闷。

我说："你是个专业的舞蹈演员吗？"

飞茹说："不是。"

我又说："但这个表演对你来说，非常重要。为了这个表演，你等了很久很久。”

飞茹频频点头：“我和很多人说过我要找到看我表演的人，他们都以为我是在说胡话，甚至怀疑我不正常。我没有病，甚至可以说是很坚强。要是一般人遇到我那样的遭遇，不疯了才怪呢！”

我迅速地搜索记忆，当一个临床心理医生，记性要好。刚才在谈到自己的时候，她用了一个词，叫作“残酷”，很少有正当花季的女生这样形容自己，在她一身黑色的包装之下，隐藏着怎样的深渊和惨烈？现在又说到“疯了”，她到底发生了什么？

贸然追问，肯定是不明智的，不能跨越到来访者前面去，需要耐心地追随。照目前这种情况，我觉得最好的方法是尊重飞茹的选择：看她跳舞。

我说：“谢谢你让我看舞蹈，需要很大的地方吗？我们可以把沙发搬开。”

飞茹打量着四周，说：“把沙发靠边，茶几推到窗子下面，地方就差不多够用了。”于是我们两个嗨哟嗨哟地干起活来，木质的沙发腿在地板上摩擦出粗糙的声音，我猜外面的工作人员一定从门扇上的“猫眼”镜向里面窥视着。诊所有规定，如果心理咨询室内有异常响动，其他人要随时注意观察，以免发生意外。趁着飞茹埋头搬茶几的空子，我扭头对门扇做了一个微笑的表情，表示一切尚好，不必紧张。虽然看不到门那边的人影，但我知道他们一定不放心地研究着，不知道我到底要干什么。其实，我也不知道下面会发生什么事情，只是相信飞茹会带领着我一步步潜入她封闭已久的内心。

场地收拾出来了，诸物靠边，室内中央腾出一块不小的地方，飞茹只要不跳出芭蕾舞中“倒踢紫金冠”那样的高难度动作，应该不会磕着碰着了。

我说：“飞茹，可以开始了吗？”

飞茹说：“行了，地方够用了。”她突然变得羞涩起来，好像一个非常幼小的孩子，难为情地说，“您真的愿意看我跳舞吗？”

我非常认真地向她保证：“真的，非常愿意。”

她用布满红丝的眼珠盯着我说：“您说的是真话吗？”

我也毫不退缩地直视着她说：“是真话。”

飞茹说：“好吧，那我就开始跳了。”

一团乌云开始旋转，所到之处，如同乌黑的柏油倾泻在地，沉重，黏腻。说实话，她跳得并不好，一点也不轻盈，也不优美，甚至是笨拙和僵硬的，但我一直目不转睛地看着，我知道这不是纯粹的艺术欣赏，而是一个痛苦的灵魂在用特殊的方式倾诉。

飞茹疲倦了，动作变得踉跄和挣扎。我想要搀扶她，被她拒绝。不知过了多久，她虚弱地跌倒在沙发上，满头大汗。我从窗台的茶几上找到纸巾盒，抽出一大把纸巾让她擦汗。

待飞茹满头的汗水渐渐消散，这一次的治疗到了结束的时候，飞茹说："谢谢您看我跳舞，我好像松快一些了。"

飞茹离开之后，工作人员对我说："听到心理室里乱哄哄地响，我们都闹不清发生了什么事，以为打起来了。"

我说："治疗在进展中，放心好了。"

到了第二周约定的时间，飞茹又来了。这一次，工作人员提前就把沙发腾开了，飞茹有点意外，但看得出她有点高兴。很快她就开始新的舞蹈，跳得非常投入，整个身体好像就在这舞蹈中渐渐苏醒，手脚的配合慢慢协调起来，脸上的肌肉也不再那样僵硬，有了一丝丝微笑的模样。也许，那还不能算作微笑，只能说是有了一丁点儿的亮色，让人心里稍安。

每次飞茹都会准时来，在地中央跳舞。我要做的就是在一旁看她旋转，不敢有片刻的松懈。虽然我还猜不透她为什么要像穿上了魔鞋一样跳个不停，但是，我不能性急。现在，看飞茹跳舞，就是一切。

若干次之后，飞茹的舞姿有了进步，她却不再一心一意地跳舞了，说："您能抱抱我吗？"

我说："这对你非常重要吗？"

她紧张地说："您不愿意吗？"

我说："没有，我只是好奇。"

飞茹说："因为从来没有人抱过我。"

我半信半疑，心想就算飞茹如此阴郁，年岁还小，没有男朋友拥抱过她，但父母总会抱过她吧？亲戚总会抱过她吧？女友总会抱过她吧？当我和她拥抱的时候，才相信她说的是真话。飞茹完全不会拥抱，她的重心向后仰着，好像时刻在逃避什么，身体仿佛一副棺材板，没有任何温度。我从心里涌出痛惜之情，不知道在这具小小的单薄身体中，隐藏着怎样的冰冷。我轻轻地拍打着她，如同拍打一个婴儿。她的身体一点点地暖和起来、柔软起来，变得像树叶一样可以随风摇曳了。

下一次飞茹到来的时候，看到挤在墙角处的沙发，平静地说："您和我一道把它复位吧。我不再跳舞了，也不再拥抱了。这一次，我要把我的故事告诉您。"

那真是一个极其可怕的故事。飞茹的爸爸妈妈一直不和，妈妈和别的男人好，被爸爸发现了。飞茹的爸爸是一个很内向的男子，他报复的手段就是隐忍。飞茹从小就感觉到家里的气氛不正常，可她不知道这是为了什么，总以为是自己不乖，就拼命讨爸爸妈妈的欢心。学校组织舞蹈表演，选上了飞茹，她高兴地告诉爸爸妈妈，六一到学校看她跳舞，爸爸妈妈都答应了。过节那天，老师用胭脂给她脸上涂了两个红蛋蛋，在她的嘴上抹了口红。当她兴高采烈地回家，打算一手一个地拉着爸爸妈妈看她演出的时候，见到的是两具穿着黑衣的尸体。爸爸在水里下了毒，骗妈妈喝下，看到她死了后，再把剩下的毒水都喝了。

飞茹当场就昏过去了，被人救起后，变得很少说话。从那以后，她只穿黑色的衣服，在脸上涂红，还涂着鲜艳欲滴的口红。飞茹靠着一袭黑衣保持着和父母的精神联系和认同，她以这样的方式，既思念着父母，又对抗着被遗弃的命运。她未完成的愿望，就是那一场精心准备的舞蹈，谁来欣赏？她无法挣扎而出，找不到自己存在的价值和重新生活的方向。

对飞茹的治疗，是一个极为漫长的过程，我们共同走了很远的路。终于，飞茹换下了黑色的衣服，褪去了夸张的妆容，慢慢回归正常的状态。

最后分别的时候到了，穿着清爽的牛仔裤和洁白的衬衣的飞茹对我说："那时候，每一次舞蹈和拥抱之后，我的身心就会有一点放松。我很佩服'体会'这个词，身体里储藏着很多记忆，身体释放了，心灵也就慢慢松弛了。这一次，我和您就握手告别。"

娘间谍

我说，这能办得到吗？恋爱的通常规律是——压迫越重，反抗越凶。

我和她的相识，有点意思。我称她“娘间谍”——是她自己告诉我这个绰号的。我从小就很惊叹间谍的手段和意志力。

那天上班时分，传达室打来电话说，有一个女人，说是你的亲戚，找上门来，你见不见？我说，是什么亲戚呢？师傅说，她支支吾吾地说不清楚，我们觉得很可疑。你直接问她吧，检验一下，要是假冒伪劣，我们就打发她走。

师傅说着把话筒递给了那女人。于是，我听到一个低低的声音，耳语一般地说，毕作家，我不是你亲戚，可是我有重要的事情要对你说……啊，你怎么不记得我了呢？真是贵人多忘事啊，表姑全家还让我问你好呢！你赶快跟传达室的师傅说一下，让我上楼吧。他们可真够负责的了，不见鬼子不拉弦……师傅，您来听本人说吧……

后半截的声音明显放大，看来是专门讲给旁人听的。于是，我乖乖地对传达室同志说，她是我亲戚，请让她进来。谢谢啦！

几分钟后，她走进门来。个子不高，衣着普通，五官也是平淡而无奇的那种，没有丝毫特色，叫人疑惑刚才那番精彩的表演，是否出自这张平凡的面庞。

她不客气地坐下，喝茶。说，一个作家，又好找又不好找。说好找吧，是啊，报上有你的名字，实实在在的一个人，电脑这么发达了，找个人，按说不难。可是，具体打听起来，报社啊编辑部啊，又都不肯告诉你，好像我是个坏人似的……

我说，真是很抱歉。

她笑起来说，你道的什么歉呢？又不是你让他们不告诉我的。再说，这也难不住我，我在家里专门搞侦破，我女儿送我一个外号，叫——“娘间谍”。

我目瞪口呆。半晌说，看来，你们家冷战气氛挺浓的啊。

她收敛了笑容说，要不，我还不找你来呢！你能不能帮帮我？

我说，到底出了什么事？

她说，我就这一个女儿。我丈夫和我都是高工，就像优良品种的公鸡母鸡就生了一个鸡蛋，你说，我能不精心孵化吗？从小我就特在意女儿的一言一行。小孩子要是发烧，三等的父母是用体温表，水银柱蹿得老高了，才知道大事不好。二等的家长是用手摸，哟！

这么烫啊！方发觉孩子有病了。我是一等的母亲，我只要用眼角这么一扫，孩子眼珠似有水汽，颧骨尖上泛红，鼻孔扇着，那孩子准是发烧了，我这眼啊，比什么体温表都灵。

女儿小的时候，特听我的话。甭管她在外面玩得多开心，只要我在窗台上这么一喊，她腾腾地拔腿就往家跑。有一回，跑得太快，膝盖上磕掉了那么大一块皮，血顺裤腿流，脚腕子都染红了。邻居说，看把你家孩子急的，不过是吃个饭，又不是救火，慢点不行？我说，她干别的摔了，我心疼；往家跑碰了，我不心疼。听父母的话，就得从小训练，就跟那半个月之内的小狗似的，你教出来了，它就一辈子听你的，要是让它自由惯了，大了就扳不过来了。

左邻右舍都知道我有一个说一不二的女儿，我也挺满意的。现今都是一个孩子，我们今后就指着她了。让她永远和父母一条心，就是自己最好的养老保险。

我忍不住打断她说，你这不是控制一个人吗？

她说，你说得对啊，不愧是作家，马上抓到了要害。要说我这个控制，还和一般的层次不一样，我做得不留痕迹。控制最基本的要素，就是掌握信息。叶利钦凭什么掌握着核按钮？不就是他知道的信息比别人多吗？对儿女，你知道了他的信息，你就掌握了他的思想。你想让他和谁来往，不想让他和谁来往，不就是手到擒来的事了吗？比如她常和哪些同学联系，我并不直接问她，那样，她就会反感。年轻人一逆反，完了，你让他朝东他朝西，满拧。我使的是阴柔功夫。我也不偷看她的日记，那多没水平，一下子就被发现了。现在的孩子，狡猾着呢。我呀，买了一架有重拨功能的电话机。她不是爱打电话吗？等她打完了，我趁她不在，啪啪一按，那个电话号码就重新显示出来了。我用小本记下来，等到没人的时候，再慢慢打过去，把对方的底细探来。这当然需要一点技巧，不过，难不倒我。

我点点头，不是夸奖这等手段，是想起了她刚在传达室对我的摆布。

她误解成赞同，越发兴致勃勃。

女儿慢慢长大了，上了大学，开始交男朋友，这可是一道紧要关口啊！我首先求一个门当户对，若是找个下岗女工的儿子，我们以后指靠谁呢？所以，我特别注重调查和她交往的男孩子的身世，一发现贫寒子弟，就把事态消灭在萌芽状态。

我说，这能办得到吗？恋爱的通常规律是——压迫越重，反抗越凶。

她说，我不会用那种正面冲突的蠢办法。我一不指责自己的女儿，那样伤了自家人的和气，二不和女儿的男友直接交涉，那样往往火上浇油。我啊，绕开这些，迂回找到男方的家长，向他们显示我家优越的地位，当然，这要做得很随意，叫他们自惭形秽。述说女儿是个娇娇小姐，请他们多多包涵，让他们先为自己儿子日后的“气管炎”捏一把汗。最后，做一副可怜相，告知我和老伴浑身是病，一个女婿半个儿，后半辈子就指望他们的儿子了……她说到这里，得意地笑了。

我按捺住自己的不平，问道，后来呢？

她说，后来，哈哈，就散伙了呗。这一招，百试百灵。我总结出了一个经验，下层劳动人民，自尊心特别强，神经也就特脆弱。你只要影射他们高攀，他们就受不了了。不用我急，他们就给自己的小子施加压力，我就可以稳操胜券坐享其成了。

我说，你一天这般苦心琢磨，累不累啊？

她很实在地说，累啊！怎么能不累啊！别的不说，单是侦察女儿是不是又恋爱了，就费了我不少的精力。后来，我发现了一个好办法，说出来，你可不要见笑啊。女儿是个懒丫头，平日换下的衣服都掖在洗衣机里，凑够了一锅，才一齐洗。我就趁她走后，把她的内裤找出来，仔细地闻一闻。她只要一进入谈恋爱，裤子就有特殊的味道，可能是荷尔蒙吧，反正我能识别出来。她不动心的时候，是一种味道；动了真情，是另一种味道……那味儿一出现，我就开始行动了……近来她好像察觉了，叫我“娘间谍”，不理我了。你说我该怎么办？

天哪！我大骇，一时间什么话都对答不出。在所见到的母亲当中，她真是最不可思议的。

我连喝了两杯水之后，才把自己的情绪稳定住。我对她讲了很多话，具体是些什么，因为在激动中，已记得不很清楚了。那天，她走时说，谢谢你啦！我明白了，女儿不是我的私有财产，我侵犯了我女儿的隐私权。我会改的，虽然这很难。

我送她下楼，传达室的师傅说，亲戚们好久没见，你们谈挺长时间啊。

我叹口气说，是啊，我很惦念她的女儿啊。

分手时，娘间谍对我说，你要是有工夫，就把我对你说过的话，写出来吧。因为我得罪了不少人，也没法儿一一道歉了。还有我的女儿，有的事，我也不好意思对她说，你写成文章，我就在里面向大家赔不是了。

娘间谍走了，很快隐没在大街的人流中，无法分辨。

女人，最该捍卫的，不就是我们的尊严吗？！

Chapter_7

生命之美，

让青春

安全着陆

校门口的红跑车

一个人是不是记得住那些惨痛的教训，不在于片刻的决绝，更在于深刻的反省吧。

女人们对自己的情感经历，大体上可分为三种。一种是讲，逢人就讲，对熟悉她和不很熟悉她的人，甚至车船旅途中的萍客，都可以倾诉。另一种是不讲，埋得深深的，不少人把它像一种致命的病菌一样，带进坟墓。第三种是通常不讲，但在某一特别的场合和时间下，会对人讲。那种时刻，如果我恰巧成为听众的话，常常生出感动。因为我知道，此时一定有什么特别的情形，痛彻地触动了她的内心。我也要感激她对我的信任和这一份特别的缘分。

那一夜，月亮非常亮。据说是六十三年以来，月亮最亮的一个晚上。女孩对我说。

我是师范院校的学生。读师范的女生，基本上都是家境贫寒的，长相通常也不很好。这样说，我的女同学们，可能会不服气，但我说的是实话，包括我自己，相貌平平。大约读大二的时候，我们可以做家教了。其实那时，我们和普通大学生所上的课，并没有大的区别，还没有学到教学教法什么的，也不一定就能当好如今独生子女的小先生。师范院校的牌子挺能唬人的，再说我们也特需要钱来补贴。所以，同学们就自己组织起家教“一条龙”服务，每天派出代表，在大街上支个桌子，上书“家教”两字，等着上门求助的家长，接了活后再分给大家。谁领到了活儿，会从自己的收入当中，抽一部分给守株待兔的同学——我们称他们为“教提”。

有一天，教提对我说，给你分一个大款的女儿，你教不教？我说，钱多不多？他说，官价。我说，你还不跟大款讲讲价？他苦笑着说，讲了，不成。人家门儿清。我说，好吧，官价就官价。他说，那明天下午四点，范先生驾车到大门接你。

第二天，我提前五分钟到了学校门口。没人，我正好把自己的服装最后检视一遍。牛仔裤，白 T 恤——挺得体的，既朴素又充满了活力，而且这是我最好的衣服了。

四点整，一辆我叫不出来名字的红跑车飞驰过来，停在我面前，一位潇洒的中年男人含笑问道：您是黎小姐吗？

我姓李，他讲话有口音，我也就不计较了，点点头。我说，您是范先生吗？他说，正是。咱们接上头了，快请上车吧，我女儿正在家等你呢。

我上了车，坐在他身边，车风驰电掣地跑起来。我从来没有坐过如此豪华的车，那感觉真是好极了。他的技术非常娴熟，身上散发着清爽的烟草和皮革混合的气味，好像是猎人加渔夫。总之，很男人。

他一边开车一边说，女儿的英语基础不是很好，尤其是胆小，不敢会话。口语的声音弱极了，希望我不要在意。我的目光注视着窗外飞速闪动的街景，不停地点头……心想，同样的建筑，你挤在公共汽车上看，和坐在这样高贵的车里看，感受竟有那么大的差别啊。

很快到了一片“高尚”社区（我对这个词挺不以为然的，住宅也不是品质，凭什么分高尚和卑下呢），在一栋欧式小楼面前停下，他为我打开车门时说，我的女儿英语考试成绩每提高一分，我就奖给你一百块钱。

我充满迷惘地问他，你女儿的英语成绩，和我有何相干呢？我是来教历史的。

那一瞬，我们大眼瞪小眼，然后异口同声地说：对不起，错了。他赶紧带上我，驱车重回校门口，接上那位教英语的黎同学回家，而我找到已经等得很不耐烦的范先生。

说实话，那天我对范先生的女儿很是心不在焉。这位范先生虽说也是殷实人家，但哪能与那一位范先生相比呢？我心里称那位先入为主的为——范一先生。

晚上，我失眠了。范一先生的味道，总在我的鼻孔里萦绕。我想，住在那栋小楼里的女人，该是怎样的福气呢？不过，想来素质也不是怎样的好吧？不然，她的女儿为什么那么胆小？要是我有这样的先生和家业，会多么地幸福啊……

想归想。这年纪的女生，谁没有一肚子的幻想呢？天一亮，我就恢复正常了，谁叫咱是灰姑娘呢！下午四点之前，我又到了校门口，范二先生说好了再来接我。可能是因为头天迟到的缘故，我到得格外早。

走近校门，我的心咚咚跳起来——又看到了那辆非凡的红色跑车。我悄悄站在一旁，因为和我没关系。他是来接英语系的黎同学的，这很好理解。

没想到，那辆红跑车，如水鸟一样无声地滑到了我面前，范一先生温柔地笑着说，李小姐，你好。

我说，您到得很早啊。

范一说，昨天我正点到时，你已经到了。所以我想你今天还会到得早，果然不错。我喜欢守时的人，咱们走吧。

他说着，打开了车门。

我说，范先生，昨天错了。

他笑笑说，昨天错了，今天就不能再错。我已将黎同学炒了，重新雇用你。

我很吃惊，说，你怎么会知道今天我们能见面?

他说，不要这么惊奇。你惊奇的样子，可爱极了。对一个商人来说，这点信息有什么难呢?历史系，一个姓氏和“黎”近似的有着魔鬼身材的女生，现正做着家教……就这样啊。

我扶着车门说，我不是英语系的。

他说，你的大学只要是考上的，就可以教我女儿的英语……上车吧，我女儿已经在等了。

在车上，所有昨天的感觉都复活了。正当我沉浸在速度的快感之中时，范一先生打断了我的美好感受。他说，看来你对自己太不在意了。

我说，此话怎么讲?

他说，你穿着和昨天一模一样的衣服。有你这样魔鬼身材的女孩，应该善待自己才是。

我说，一个穷学生，是无法善待自己的。

他说，我也当过穷学生，你的处境我体会。但是，别忘了，你有资源啊。

我说，我有什么资源啊？芸芸众生而已。

他说，你的身材非常好，我昨天一眼就被吸引了。一个人，长相好，其实相对来讲比较容易。一张脸，才有多大的面积？对比匀称不算难。就是有些小的瑕疵，比如眼睛不够大，鼻梁不够挺直，做做整容也不难，巴掌大的地方，就那么几组零件，好安排。可一个人的身材，波及全身所有的结构，头颅过大过小都不成，脖子不长不行，脊柱要挺拔，胸腰的比例要适宜，腿更是重中之重，要是短了，纵使闭月羞花也白搭……你呢，刚刚好，所有的搭配都天造地设，你要懂得珍惜啊。而且我提醒你，女性的身材，是很脆弱的结构。上了年纪，就不一样了。锻炼出来的、节食出来的，和天然的，是不一样的……好了，我们到了。

又是那座小洋楼，但我无心观赏它的精致了。我的心被范一先生的逻辑催动，变得不安分了。这就像一个穷人，守着自己的几亩薄田苦熬。有一天，突然有人对你说，你田里长的那些草，都是人参啊！你还能心平气和吗？

不过，那天我还是抖擞起精神，辅导范一先生的女儿。我对女主人的羡慕和嫉妒，都不存在了。这是一个没有女主人的家庭，因此那女孩十分孤独内向。她的英语其实不是很差，只是因为不敢说，成绩才糟。

范一对我很满意，约定以后天天接我来做家教。我说，都是这辆车吗？

他说，你很在意这辆车吗？

我说，不是在意，是它美丽。

他说，我能理解。美丽的东西，人们都想和它在一起。好吧，即使我不能来，我也会派我的司机，开着这辆车来。

我和范一先生的女儿交了朋友，她的胆子渐渐大起来。嘴一敢张开，成绩就突飞猛进。

校门口每天准时出现的红色跑车，让我大出风头。有时候下午有课，我就编谎话请假，总之从未误了范一那边。期末，那女孩的英语成绩提高了二十五分，范一递给了我两千五百块钱。

我就接过来了。心安理得。

后来，他开始给我买衣服，我不要，他说，我是不忍暴殄天物啊。我就收了……直到有一天，他很神秘地拿出一个纸袋，说是托人特地从国外带回来的时装，送给我。那套衣服漂亮得让人心酸，让人觉得自己以前穿过的都是垃圾。

你能今天在我家就把这套衣服穿起来，让我看看吗？你知道，我也很爱美丽的东西啊。范一说。

我本不想答应，但我怕范一不高兴。工钱和奖金，都是我必需的，还有这套华贵的衣服。

我把卫生间里面门上的小疙瘩按死，开始换衣服。正当我把旧衣服脱下，新衣服还没上身的时候，门无声无息地开了。

我想看看自己的眼光，对你的三围的估计准不准？范一说。

我呼救反抗……偌大的房间里，只有我们两人，女孩到同学家去了。暴行之后，范一扔下一笔钱，说，我是很公平的。你们做家教，是按小时收钱，明码标价。我也是，你的每一公分胸围，我付一笔钱。你的腰围比臀围每少一公分，我付一笔钱。我可以告诉你，我从来没有给过任何一个小姐这么多钱。你真是魔鬼身材啊。

我很想到公安局告他，可我怕舆论。每天招摇的红跑车，让我气馁。我也很想把钱扔到他脸上，然后扬长而去。那是电影里常常出现的镜头，但是，我做不到。我缺钱。我已经付出了高昂的代价，我要为自己保存一点物质补偿。

我想，一个人是不是记得住那些惨痛的教训，不在于片刻的决绝，更在于深刻的反省吧。

我再也没有见过范一。有时候，在镜子面前欣赏自己优美的身材的时候，我会想起范一的话。我承认这是一种资源，但是，所有的资源，都需要保护。越是美好的资源，越要珍惜。女人，最该捍卫的，不就是我们的尊严吗？！

在明月的照耀下，我看到她脸上的清泪。

去学女儿拳

女人应该学会自卫，让我们去学女儿拳！当暴力降临的时候，为我们赢得宝贵的时间，以求正义和法律的保护。

家庭暴力的“暴”字，不知古文学怎样讲，我从字形上，总是联想到男人对女人的凶恶。上书一个“日”字，为阳中至盛。下面一个“水”字，属阴中至柔。男人若凌驾于女人之上，没有平等，没有仁爱，暴力就随之滋长，疯狂蔓延。

我认识一位贤惠的女人，只因一点小事，被丈夫打得鼻青脸肿。那汉子一米八的个头，会使漂亮的左勾拳，呼呼生风，蒜钵大的拳头打在女人侧腰部，伤了肾，血尿持续了很久。

她让我帮拿个主意，我说离婚离婚！她说，孩子呢？我说看着父亲施暴，母亲被欺侮，孩子的心灵就正常吗？关于孩子问题我们反复商量，总算达成共识，完整并不是在一切情况下永远最好，真理比父亲更重要。

为了搞清楚离婚这件事，女人自学了法律专业的课程，由于是带着问题学，毕业的时候，不但成绩优异，在婚姻法方面，简直就是专家了。我再也没资格提什么建议或意见，女人已洞若观火。

艰难的问题是房子，远比孩子复杂得多。单位不会给女人栖身之所，只能从现有的单元中分割一屋。一想要是离了婚，仍和那样的男人共居一方走廊，共进一间厨房，共使一个厕所，共用一把大门的钥匙……女人不寒而栗。

日子就这么一日日熬着，一月月拖着。我问，他还打你吗？女人长叹一口气，你知道杀人的人，一看见别人露出的脖子，手就发痒。打人也像杀人一样，有个戒。开了戒，就上了瘾，他经常用左拳在空气中挥出一道道风……

我看着她，说不出话。许久，我说，我能帮你的，就是家门永远向你敞开。无论半夜还是黎明，你随时都可以进来。

她说，我最怕的不是跑出家门之后，而是在家门里面。打的时候，我恐惧极了。蜷成一团挨打，除了刚开始，感觉不到疼。只是想，我就要被打死，大脑很快就麻木了。只记得抱着头，我不能被打傻，那样谁给我的孩子做饭呢？

我说，你这时赶快说点顺从的话给他听，好汉不吃眼前亏。抓紧时间抽冷子往外跑，大声地喊“救命啊”！

她说，你没有挨过打，你不知道，那种形势下，无论女人说什么，男人都会越打越起劲，打人打疯了，根本不把女人当人。

凶残的家庭暴力！

我以为家庭暴力最卑劣、最残酷的特征是——在家庭内部，赤裸裸地完全凭借体力上的优势，人性泯灭，野性膨胀。肆意倚强欺弱，野蛮血腥践踏他人权利。或者说，暴力的施行者，根本就没有进化到文明人类，是两脚之兽。

由于妇女和儿童在体力上的弱势，他们常常是家庭暴力最广泛、最惨重的受害者。

朋友还在度日如年地过着，我不知道怎样帮她。一天，突然在报上看到一条招生广告，新开武术班，教授自由散打、擒拿格斗，还有拳理拳经十八般武艺……

我马上拿起了电话，既然没有房子离婚，既然没有庇护所栖身，既然生命被人威胁，既然权利横遭践踏，女人应该学会自卫，让我们去学女儿拳！当暴力降临的时候，为我们赢得宝贵的时间，以求正义和法律的保护。

致被强暴的女人

不要为这一朵阴云，从此暗淡了原属于我们的明媚的天空。不要为这一束荆棘，从此不再求索开满鲜花的草原。

在我的书案上，摆着一封女人的来信。当我撕开它的时候，心境像往日一般平和。在阅读的过程中，那些纸片像火焰一样抖动起来，炙痛了我的双眼。

这是一个五十二岁的女人，十年前她被一个男人强暴未遂，但心理留下了重创。这些年间，以泪洗面，两次自杀，以致精神分裂。她的家庭也受到种种伤害，悲惨已极……

倾听这样一位凄苦姐妹的呼救，我仰天长叹沉思良久。

对于那个肇事者，法律和纪律已经做出了应有的裁决。阅读了有关的文件，我以为它们是公正的。

我知道这位女人，还远远不是遭受此种凌辱的最甚者，更有许多悲愤的灵魂，在暗中哭泣。她们流出的不是眼泪而是心头的鲜血。

作为女人，我们从小就有一种深深的恐惧，那就是被人强暴。这恐惧像空气一样追随着我们，直到女人们垂下苍白头颅的那一天。

假如被人强暴，女人啊，我们该如何面对厄运？

在中国古老的烈女集锦里，所有的女人在被强暴后，都以自身寻死告终。被强暴就是失却了贞节，这奇耻大辱唯有女人以生命相抵，才可在人间留下一份清白。

斗转星移，今天的时代不同了。没有人要求被强暴的女人以死而谢天下，但女人们在这自天而降的灾变之后，依然辗转于无尽的苦难之中。

对于腐败一定要严加鞭挞，对于罪犯一定要施以峻法。我对这种丑恶的性侵犯的男人，报以刻骨铭心的仇恨。

即使将其中的罪大恶极者凌迟，被强暴的女人依然是被强暴过，这是一个无法改写的事实。

女人们，我们该怎么办？

不要怨天尤人，不要自暴自弃。

不要在流言面前退缩，不要在众人面前低下高昂的头颅。

我们无罪，我们无辜。

不要像一盘旧磁带，总去回首那屈辱惨淡的一瞬。不要像痛失孩子的祥林嫂，逢人便悲切地复诵苦难。

不要靠旁人的叹息以安慰自己受伤的心灵，不要以暴烈的自戕来证实性格的刚正。

不要为这一朵阴云，从此暗淡了原属于我们的明媚的天空。不要为这一束荆棘，从此不再求索开满鲜花的草原。

强暴可以玷污我们的身体，强暴不可折服我们的意志。

强暴可以使我们一时万念俱灰，强暴却不能使一个坚强的女性自此一蹶不振。强暴是一场悲哀的天灾人祸，有经验的老农蹲在田埂上，哭泣一阵，歇息一阵，拍拍身上的泥土，擦擦手中的农具，向远处望上一眼，他们又继续耕耘了。

假如我们被强暴，在做完惩治凶犯的一切工作之后，拭干泪水，让我们重新开始。

丢掉有关那一刻所有的记忆，让我们像新生的婴儿一般坦荡。烧毁目睹我们灾难的旧衣服，让痛苦的往事一同化为飞烟。取清凉的山泉自头顶浇下，洗涤我们每一根如丝的长发。挑选一件更美丽的裙衫，穿上它快步行走在如织的人流中。

对生活中美好的事物，被强暴过的女人依旧可以发出真诚的微笑。

对生活中黑暗的角落，被强暴过的女人依旧可以发出强烈的谴责。

女人被强暴，是生命的记录上一处被他人涂抹的墨迹。轻轻擦去就是了，我们的生命依然晶莹如玉，洁白无瑕。强暴是发生于刹那间的地震，我们需要久久地修复。但女性生命的绿色，必将覆盖惨淡的废墟。

让我们振作起来，面对强暴以及所有人为的灾难，这世上没有任何一种力量，可以强暴女性不屈的精神。

轰毁你心中的魔床

魔由心生。时时检点自己的心灵宝库，可以储藏勇气，可以储藏智慧，可以储藏经验和教训，可以储藏期望和安慰，只是不要储藏“应该”。

魔鬼有张床。它守候在路边，把每一个过路的人，揪到它的魔床上。魔床的尺寸是现成的，路人的身材比魔床长，它就把那人的头或是脚锯下来。那人的个子矮小，魔鬼就把路人的脖子和肚子像拉面一样抻长……只有极少的人天生符合魔床的尺寸，不长不短地躺在魔床上，其余的人总要被魔鬼折磨，身心俱残。

一个女生向我诉说：我被甩了，心中苦痛万分。他是我的学长，曾每天都捧着我的脸说，你是天下最可爱的女孩。可说不爱就不爱了，做得那么绝，一去不回头。我是很理性的女孩，当他说我是天下最可爱的女孩的时候，我知道我姿色平平，担不起这份美誉，但我知道那是出自他真心。那些话像火，我的耳朵还在风中发烫，人却大变了。我久久追在他后面，不是要赖着他，只是希望他拿出响当当、硬邦邦的说法，给我一个交代，也给他自己一个交代。

由于这个变故，我不再相信自己，也不相信他人。我怀疑我的智商，一定是自己的判断力出了问题。如此至亲至密，说翻脸就翻脸，让我还能信谁？

女生叫箫凉，箫凉说到这里，眼泪把围巾的颜色一片片变深。失恋的故事，我已听过成百上千，每一次，不敢丝毫等闲视之。我知道有殷红的血从她心中坠落。

我对箫凉说，这问题对你，已不单单是失恋，而是最基本的信念被动摇了，所以你沮丧、孤独、自卑还有愤怒的莫名其妙……

箫凉说，对啊，他欠我太多的理由。

我说，人是追求理由的动物。其实，所有的理由都是来自我们心底的魔床——那就是我们对一些问题的看法和观念。它潜移默化地时刻评价着我们的言行和世界万物。相符了，就皆大欢喜，以为

正确合理。不相符，就郁郁寡欢，怨天尤人。

这种魔床，有一个最通俗最简单的名字，就叫作“应该”。有的人心里摆得少些，有三个五个“应该”。有的人心里摆得多些，几十个上百个也说不准，如果能透视到他的内心，也许拥挤得像个卖床垫的家具城。

魔床上都刻着怎样的字呢？

箫凉的魔床上就写着“人应该是可爱的”。我知道很多女生特别喜欢这个“应该”。热恋中的情人，更是三句话不离“可爱”。这张魔床导致的直接后果，就是我们以为自己的存在价值，决定于他人的评价。如果别人觉得我们是可爱的，我们就欢欣鼓舞；如果什么人不爱我们了，就天地变色，日月无光。很多失恋的青年，在这个问题上百思不得其解，苦苦搜索“给个理由先”。如果没有理由，你不能不爱我。如果你说的理由不能说服我，那么就只有一个理由，就是我已不再可爱，一定是我有了什么过错……很多失恋的男女青年，不是被失恋本身，而是被他们自己心底的魔床，锯得七零八落。残缺的自尊心在魔床之上火烧火燎，好像街头的羊肉串。

要说这张魔床的生产日期，实在是年代久远，也许生命有多少年，它就相伴了多少年。最初着手制造这张魔床的人，也许正是我们的父母。当我们还是婴儿的时候，那样弱小，只能全然依赖亲人的抚育。如果父母不喜欢我们，不照料我们，在我们小小的心里，无法思索这复杂的变化，最简单的方式，我们就以为是自己的过错。必是我们不够可爱，才惹来了嫌弃和疏远。特别是大人们的口头禅“你怎么这么不乖？如果你再这样，我就不喜欢你了……”凡此种种，都会在我们幼小的心底，留下深深的印记。那张可怕的魔床蓝图，就这样一笔笔地勾画出来了。

有人会说，啊，原来这“应该如何如何”的责任不在我，而在我的父母。其实，床是谁造的，这问题固然重要，但还不是最重要的。心理学家弗洛伊德说过，一个孩子，就是在最慈爱的父母那里长大，他的内心也会留有很多创伤（大意。原谅我一时没有找到原文，但意思绝对不错）。我们长大之后，要搜索自己的内心，看看它藏有多少张这样的魔床，然后亲手将它轰毁。

一位男青年说，我很用功，我的成绩很好。可是我不善辞令，人多的场合，一说话就脸红。我用了很大的力量克服，奋勇竞选学生会的部长，结果惨遭败北。前景黑暗，这可不是个好兆头，看来我一生都会是失败者。于是，他变得落落寡合，自贬自怜，头发很长了也不梳理，邋遢着独往独来的，好似一个旧时的落魄文人。大家觉得他很怪，更少有人搭理他了。

他内心的魔床就是：我应该是全能的。我不但要学习好，而且样样都要好。我每次都应该成功，否则就一蹶不振。挫折被放在这张魔床上反复比量，自己把自己裁剪得七零八落。一次的失败就成了永远的颓势，局部的不完美就泛滥成了整体的否定。

一个不美丽的大学女生每天顾影自怜。上课不敢坐在阶梯教室的前排，心想老师一定只愿看到“养眼”的女孩。有个男生向她表示好感，她想我不美丽，他一定不是真心。如果我投入感情，肯定会被他欺骗，当作话柄流传。于是，她斩钉截铁地拒绝了他，以为这是决断和明智。找工作的时候，她的简历写得很好，每每被约见面试，但每一次都铩羽而归。她以为是自己的服饰不够新潮、化妆不够到位，省吃俭用买了高级白领套装外带昂贵的化妆品，可惜还是屡遭淘汰……她耷拉着脸，嘴边已经出现了在饱经沧桑的失意女子脸上才可看到的像小括弧般的竖形皱纹。

如果允许我们走进她枯燥的内心，我想那里一定摆着一张逼仄的小床。床上写着：女孩应该倾国倾城。应该有白皙的皮肤，应该有挺秀的身躯，应该有玲珑的曲线，应该有精妙绝伦的五官……如果没有，她就注定得不到幸福，所有的努力都会白搭，就算碰巧有一个好的开头，也不会有好的结尾。如果有男生追求长相不漂亮的女孩，一定是个陷阱，背后必有狼子野心，切切不可上当……

很容易推算，当一个人内心有了这样的暗示，她的面容是愁苦和畏惧的，她的举止是局促和紧张的，她的声音是怯懦和微弱的，她的眼神是低垂和飘忽的……她在情感和事业上成功的概率极低，到了手的幸福不敢接纳，尚未到手的机遇不敢追求，她的整个形象都散射着这样的信息——我不美丽，所以，我不配有好运气！

讲完了暗淡的故事，擦拭了委屈的泪水，我希望她能找到那张魔床，用通红的火把将它焚毁。

谁说不美丽的女子就没有幸福？谁说不美丽的女子就没有事业？谁说命运是个好色的登徒子？谁说天下的男人都是以貌取人的低能儿？

心中的魔床有大有小，有的甚至金光闪闪，颇有迷惑人的能量。我见过一家证券公司的老总，真是事业有成高大英俊，名牌大学洋文凭，还有志同道合的妻子，活泼聪颖的孩子……一句话，简直人所有的他都有，可他寝食不安，内心的忧郁焦虑非凡人所能想象，不知是什么灼烤着他的内心。

我总觉得这一切不长久。人无远虑，必有近忧。水至清则无鱼，谦受益满招损。我今天赚钱，日后可能赔钱。妻子可能背叛，孩子可能出车祸。我也许会突然暴病，世界可能会发生地震火灾飓风，即使风调雨顺，也必会有人祸，比如“9·11”……我无法安心，恐惧追赶着我的脚后跟，惶恐将我包围。他眉头紧皱着说。

我说，你极度不安全。你总在未雨绸缪，你总在防微杜渐。你觉得周围潜伏着很多危险，它们如同空气看不着摸不到但却无所不在无所不能。

他说，是啊，你说得不错。

我说，在你内心，可有一张魔床？

他说，什么魔床？我内心只有深不可测的恐惧。

我说，那张魔床上写着：人不应该有幸福，只应该有灾难。幸福是不真实的，只有灾难才是永恒。人不应该只生活在今天，明天和将来才是最重要的。

他连连说，正是这样。今天的一切都不足信，唯有对将来的忧患才是真实的。

我说，每个人都有过去现在和将来。对我们来说，无论过去发生过什么，都已逝去。无论你对将来有多少设想，都还没有发生，我们活在当下。

由于幼年的遭遇，他是个缺乏安全感的人。惊惧射杀了他对于幸福的感知和欣赏。只有销毁了那魔床，他才能晒到金色的夕阳，听到妻儿的欢歌笑语，才能从容镇定地面对风云。即使风雨真的袭来，也依然轻裘缓带、玉树临风。

说穿了，魔床并不可怕，当它不由分说就宰割着你的意志和行为之时，面对残缺，我们只有悲楚绝望。但当我们撕去了魔床上的铭文，打碎了那些陈腐的“应该”，魔力就在一瞬间倒塌。随着魔床轰塌，代之以我们清新明朗的心态。

魔由心生。时时检点自己的心灵宝库，可以储藏勇气，可以储藏智慧，可以储藏经验和教训，可以储藏期望和安慰，只是不要储藏“应该”。

切开忧郁的洋葱

不要长久地被忧郁围困，忧郁会使我们萎缩。不要被忧郁吓倒，摆脱了忧郁的我们，会更加柔韧刚强。

忧郁是一只近在咫尺的洋葱，散发着独特而辛辣的味道，剥开它紧密黏黏的鳞片时，我们会泪流满面。

一位为联合国工作的朋友告诉我，她到过战火中的难民营，抱起一个小小的孩子。她紧紧地搂着这幼小的身躯，亲吻她枯燥的脸颊。朋友是一位博爱的母亲，很喜爱儿童，温暖的怀抱曾揽过无数孩子，但这一次，她大大地惊骇了。那个婴孩软得像被火烤过的葱管，萎弱而空虚。完全不知道贴近抚育她的人，没有任何欢喜的回应，只是被动地僵直地向后反张着肢体，好似一块就要从墙上脱落的白瓷砖。

朋友很着急，找来难民营的负责人，询问这孩子是不是有病或是饥寒交迫，为什么表现得如此冷漠？那负责人回答说，因为有联合国的经费救助，孩子的吃和穿都没有问题，也没有病。她是一个孤儿，父母双亡。孩子缺少的是爱，从小到大，从没有人抱过她。因她不知“抱”为何物，所以不会反应。

朋友谈起这段往事，感慨地说，不知这孩子长大之后，将如何走过人生？

不知道。没有人回答。寂静。但有一点可以预见，她的性格中必定藏有深深的忧郁。

我们都认识忧郁。每一个人，在一生的某个时刻，都曾和忧郁狭路相逢。

自然界的风花雪月，人生的悲欢离合，从宋玉的悲秋之赋到李清照的绿肥红瘦的喟叹，从游子的枯藤老树昏鸦到弱女的耿耿秋灯凄凉，忧郁如同一只老狗，忠实而疲倦地追随着人们的脚后跟，挥之不去。随着现代社会的发达，忧郁更成了传染的通病。“忧郁症”已经如同感冒病毒一般在都市悄悄蔓延流行。

忧郁像雾，难以形容。它是一种情感的陷落，是一种低潮的感觉状态。它的症状虽多，灰色是统一的韵调。冷漠，丧失兴趣，缺乏胃口，退缩，嗜睡，无法集中注意力，对自己不满，缺乏自信……不敢爱，不敢说，不敢愤怒，不敢决策……每一片落叶都敲碎心房，每一声鸟鸣都溅起泪滴，每一束眼光都蕴满孤独，每一个脚步都狐疑不定……

一个女大学生给我写信，说她被无尽的忧郁就要淹没了。因为自己是杀人凶手，那个被杀的人就是她的妈妈。她说自己从三岁起双手就沾满了母亲的鲜血，因为在那一天，妈妈为了给她买一支过生日的糖葫芦，横穿马路，倒在车轮下……

“为此，我怎能不忧郁？忧郁必将伴我一生！”信的结尾处如此写着，每一个字，都被泪水洇得像风中摇曳的蓝菊。

说来这女孩子的忧郁，还属于忧郁中比较谈得清的那种，因为缘于客观的、重要人物的失落而引起，在某种程度上，是我们不得不面对的痛苦反应。更有那说不清道不明的忧郁，树蚕一样噬咬着我们的心，并用重重叠叠的愁丝，将我们裹得筋骨蜷缩。

忧郁这种负面情感的源头，是个体对于失落的反应。由于丧失，所以我们忧郁。由于无法失而复得，所以我们忧郁。由于从此成为永诀，所以我们忧郁。由于生命的一去不返，所以我们忧郁。

从这种意义上讲，忧郁几乎是人类这种渺小的动物，面对宇宙苍穹时，与生俱来的恐惧，所以我们无法从根本上消除忧郁。我相信凡有人类生存的日子，我们就要和忧郁为朋，虽然我们不喜欢，但我们必须学会与忧郁共舞。

正因为这种本质上的忧郁，所以我们才要在有限的生存岁月中，挑战忧郁，让我们自己生活得更自由、更欢愉、更勃勃生气。

失落引发忧郁。当我们分析忧郁的时候，首先面对的是失落。细细想来，失落似可分为不同性质的两大类。一是目前发生的真实与外在的失落，可以被我们确认并加以处理的。比如失去父母，失去朋友，失去恋人，失去工作，失去金钱，失去股票，失去房产，失去自信等，惨虽惨矣，好歹失在明处，有目共睹。

二是源自自我发展的早期便被剥夺，或严重的失望经验，导致内在的深刻失落感觉。这话说起来很拗口，其实就是失在暗地，失得糊涂，失得迷惘，失在生命入口端的混沌处。你确切无疑地丢失了，却不知遗落在哪一地驿站。

这可怕的第二种失落，常常是潜意识的，表明在我们的儿童期，有着不同程度的缺憾和损失。因为我们未曾得到醇厚的爱，或因这爱的偏颇，使我们的内心发展受阻。因为幼小，我们无法辨析周围复杂的社会，导致丧失了对他人的信任，并在这失望中开始攻击自己。如同联合国那位朋友所抱起的女婴，她已不知人间有爱，她已不会回报爱与关切。在这种凄楚中长大的孩子，常常自我谴责与轻贱，认为自己不可爱，无价值，难以形成完整高尚的尊严感。

过度的被保护和溺爱，也是一种失落。这种孩子失落的是独立与思考，他们只有满足的经验，却丧失了被要求负责的勇气，丧失了学会接受考验和失败的能力，丧失了容纳失望的胸怀。一句话，他们在百般呵护下，残障了自我的成长性和控制力的发展。他们的脑海深处永远藏着一个软骨的啼哭的婴孩，因为愤怒自己的无力，并把这种无能感储入内心，因而导致无以名状的忧郁。

人的一生，必须忍受种种失落。就算你早年未曾失父失母失学失恋，就算你一帆风顺平步青云，你也必得遭遇青春逝去韶华不再的岁月流淌，你也必得纳入体力下降记忆衰退的健康轨道，你也必有红颜易老退休离职的那一天，你也必得遵循生老病死新陈代谢的铁律。到了那一刻，你是否有足够的弹性，抵御忧郁？

还有一种更潜在的忧郁，是因为我们为自己立下了不可到达的高标准，产生了难以满足的沮丧感。这种源自认定自我罪恶的忧郁症状，是与外界无关的，全需我们自我省察，挣脱束缚。

忧郁的人往往是孤独的，因为他们的自卑与自怜。忧郁的人往往互相吸引，因为他们的气味相投。忧郁的人往往结为夫妻，多半不得善终，因为无法自救亦无力救人。抑郁的人往往易于崩溃，因为他们哀伤更因为他们羸弱绝望。

难民营的婴儿，不知你长大后，能否正视自己的童年？失却的不可复来，接受历史就是智慧。记忆中双手沾着血迹的女大学生，你把那串猩红的糖葫芦永远抛掉吧，你的每一道指纹都是洁白的，你无罪。母亲在天国向你微笑。

不要嘲笑忧郁，忧郁是一种面对失落的正常。不要否认我们的忧郁，忧郁会使我们成长。不要长久地被忧郁围困，忧郁会使我们萎缩。不要被忧郁吓倒，摆脱了忧郁的我们，会更加柔韧刚强。

图书在版编目（CIP）数据

做一个有香气的女子：身如薄荷清 / 毕淑敏著．—北京：国际文化出版公司，2015.3
ISBN 978-7-5125-0763-0

Ⅰ．①做… Ⅱ．①毕… Ⅲ．①散文集－中国－当代 Ⅳ．①I267

中国版本图书馆 CIP 数据核字（2015）第 046990 号

做一个有香气的女子：身如薄荷清

作　　者	毕淑敏
责任编辑	赵　辉
统筹监制	葛宏峰　李　莉
策划编辑	李　莉
特约编辑	许　可
美术编辑	秦　宇
出版发行	国际文化出版公司
经　　销	国文润华文化传媒（北京）有限责任公司
印　　刷	北京文昌阁彩色印刷有限责任公司
开　　本	880 毫米 ×1230 毫米　32 开 8 印张　156 千字
版　　次	2015 年 4 月第 1 版 2017 年 4 月第 2 次印刷
书　　号	ISBN 978-7-5125-0763-0
定　　价	36.00 元

国际文化出版公司
北京朝阳区东土城路乙 9 号　邮编：100013
总编室：（010）64271551　传真：（010）64271578
销售热线：（010）64271187
传真：（010）64271187-800
E-mail：icpc@95777.sina.net
http://www.sinoread.com